Occi
Regi
COLO
rogra
praefer
(quotis XIIII annis eas Provinciae diligenter
perlustravit) Historia Constata & in aes
incisa a Theodoro de Bry Leod
ANNO MDXIIII.
MAR DEL NOR
LVCAYA
Bahama
BORICHEN
INSVLA S. IOANIS DE PORTV RICO
Anegada
Virgines
S. Crux
Guadalupe
S. Dominica
S. Vicente
Margarita
Granada
CVBAGVA
CVMANA
CARIBANA
AVREA REG
320 Circulus Aequinoctialis 325
330
MAYEPIEN
PARA
Arubaquis
Coparipucu
Mabues
Sapupes

Eva Maaser

Kim und die Seefahrt ins Ungewisse

Eva Maaser

Kim und die Seefahrt ins Ungewisse

Mit Zeichnungen
von Joachim Knappe

COPPENRATH

5 4 3 2 1

ISBN 978-3-8157-7881-4

Einband- und Innenillustrationen: Joachim Knappe
Vor- und Nachsatz: Map of the Caribbean islands and
the American state of Florida (coloured engraving) by Bry,
Theodore de (1528–98)/Private Collection/
The Bridgeman Art Library
Innengestaltung: Matrix Typographie & Gestaltung, Hamburg
Gesamtherstellung: Clausen & Bosse, Leck
Printed in Germany
www.coppenrath.de

Für Katrin

Inhalt

Ist Dennis zu retten?

Das ist peinlich, wenn du den Vermittler für einen Fiesling wie Latte spielst, Dennis.« Lisas Stimme triefte vor Verachtung. »An deiner Stelle würde ich mich in Grund und Boden schämen. Und was ist mit deinem Verstand? Ich dachte immer, du bist schlau. Und jetzt begreifst du nicht mal …«

Dennis musste genau wissen, wie sehr Lisa Latte verabscheute, den größten Rüpel der Schule, der mit Kim und Lisa in die siebte Klasse ging.

Staunend, fast schon ehrfürchtig hörte Kim zu. Er bewunderte Lisa restlos, wie sie dastand, den Kopf mit den wundervollen roten Locken hocherhoben, während sie aus ihren jadegrünen Augen ein Feuerwerk vernichtender Blicke auf den armen Dennis abschoss. Lisa machte ihren kleinen Bruder gekonnt zur Schnecke. Dabei sprach sie nicht einmal besonders laut. Nur klar und deutlich genug, um auch in der hinteren Ecke des Schulhofs gehört zu werden, in der sich Latte mit seinem bulligen

Kumpel Bobo aufgebaut hatte. Unverhohlen starrte er Lisa an.

Latte hatte Dennis beauftragt für den Nachmittag eine Einladung ins schickste Café von Münster zu übermitteln. Lisa würde sich auf seine Kosten bestellen können, was immer sie wollte: Schwarzwälder Kirschtorte, Sahnebaiser, Schokoladenkuchen, Nussecken, Milchshake, Cola ... Mit seltsamer Verzweiflung hatte Dennis alle möglichen Köstlichkeiten heruntergebetet. Dabei war schon vorher glasklar gewesen, was Lisa von diesem Angebot halten würde. Und jetzt schrumpfte Dennis sichtlich zusammen. Seine Schultern hingen herab, er wurde langsam blass und schaute immer unglücklicher und furchtsamer drein.

Wieso eigentlich furchtsam?, fragte sich Kim. Dennis hatte doch sonst keine Angst vor seiner zwei Jahre älteren Schwester. Und ihr ganzes hochtrabendes Gerede bedeutete nur eins: Sie wollte nicht, fertig aus!

Dennis verhielt sich mehr als merkwürdig, denn er gab auch jetzt nicht auf und machte sich für Latte weiter zum Affen. Kim zuckte die Schultern. Ihn ging das alles nichts an. Trotzdem hörte er zu und amüsierte sich über das Theater, das die Geschwister aufführten.

»Du könntest ihm wenigstens mal 'ne Chance geben«, heulte Dennis auf und hielt sich krampfhaft das linke

Handgelenk. Tatsächlich umklammerte er seine neue Armbanduhr, ein Geschenk zu seinem elften Geburtstag vor einer Woche. Eine protzige Taucheruhr, die er sich sehnlichst gewünscht hatte.

Dennis und tauchen? Lisas pummeliger kleiner Bruder war das unsportlichste Geschöpf, das Kim kannte. Schon beim bloßen Gedanken an Handstand oder Hürdenlauf musste bei Dennis das Herz aussetzen.

»Armleuchter!«, zischte Lisa.

Bedauernd schüttelte Kim den Kopf. Lisas Schatz an Flüchen und unflätigen Ausdrücken war nicht nur sehr beschränkt, sondern auch ausgesprochen fantasielos. Das war schade, er hatte mehr von ihr erwartet. Aber vielleicht war ja die deutsche Sprache hier etwas armselig. Die chinesische kannte etwa hunderttausend verschiedene Flüche, eine wertvolle Hilfe in allen Stresssituationen.

Kim war Halbchinese und lebte noch nicht lange in Deutschland. Vor etwas mehr als fünf Wochen hatte ihn sein Vater Lutz Reimer bei Großtante Betty in Drensteinfurt abgeliefert, einem Dorf nicht weit von Münster, wo Kim inzwischen aufs Gymnasium ging. Ein halbes Jahr zuvor war seine chinesische Mutter gestorben und sein Vater hatte beschlossen China den Rücken zu kehren, um wieder in Deutschland zu leben. Seit fünf Wochen nun hockte Kim in Großtante Bettys gruftartigem Haus und sehnte sich nach Shanghai zurück, nach der strahlenden Metropole am Meer.

Einen Augenblick hatte er sich in wehmütigen Erinnerungen verloren.

Lisa schaute ihn an. »Was sagst du dazu? Ist das zu fassen? Ist er nicht dämlich?«

Lisa und Dennis Wagner wohnten im Nachbarhaus und waren in den vergangenen vier Wochen seine Freunde geworden.

Kim hob die Hände und klatschte bedächtig Beifall. »Bis auf Armleuchter und Fiesling war alles große Klasse, was du gesagt hast. Vor allem die Art, wie du Dennis runtergeputzt hast, hatte richtig Stil. Nur diese Schimpfwörter sind einfältig. Hast du nichts Besseres auf Lager? Wenn nicht: Kannst du alles heute Nachmittag wiederholen? Dann nehme ich's auf CD auf und wir gehen es noch mal zusammen durch.«

Entgeistert schauten Dennis und Lisa ihn an.

»Idiot!«, zischte Lisa außer sich und ließ ihn stehen. Es hatte gerade zur ersten Stunde geschellt.

Dennis trottete hinter seiner Schwester her, nachdem er einen verwirrten, nein, einen verschreckten Blick über die Schulter zurück in die Schulhofecke geworfen hatte.

Neugierig schaute sich Kim um.

Latte stand breitbeinig, massig und riesig mit in die Seiten gestemmten Händen da. Jetzt hob er drohend eine Faust und umfasste mit einer zackigen Bewegung sein Handgelenk.
Komische Geste, fand Kim und dachte an Dennis. Flüchtig überkam ihn Besorgnis, die er jedoch rasch loszuwerden versuchte, um sich auf Mathe zu konzentrieren.

In der großen Pause war Lisa im Klassenzimmer geblieben. Es war ihr, hatte sie behauptet, zu kalt auf dem Schulhof. Nieselregen hatte eingesetzt, auch so eine westfälische Eigenart, für die Kim nichts übrig hatte. Typisches Novemberwetter, hatte Lisa gesagt. Deprimierend.
Fröstelnd zog er den Reißverschluss seiner Jacke zu und ließ den Blick über den Hof schweifen. Von Dennis keine Spur, wahrscheinlich hatte er keine Lust, sich durchweichen zu lassen. Auch Latte war nirgends zu sehen, obwohl er das Klassenzimmer beim Läuten sofort verlassen hatte. Kim gab es auf, sich über die beiden Gedanken zu machen, und verzog sich schaudernd ins Schulgebäude.

Nach der letzten Stunde, auf dem Weg zur Schulbushaltestelle, tauchte Dennis wieder auf und drängte sich neben Lisa.

»Weißt du, wie ich das sehe?«, fragte er forsch. Auf seiner linken Wange, dicht unter dem Auge, zeichnete sich eine dunkle Stelle ab.
»Was?«, gab Lisa knurrig zurück. Anscheinend war sie auf ihren Bruder noch immer schlecht zu sprechen.
Schon bevor Dennis loslegte, ahnte Kim, worauf dieser hinauswollte. Prüfend spähte er den Weg zurück. Ja, tatsächlich, hinter ihnen tauchte Latte mit Bobo auf und kam unauffällig näher.
»Ich weiß doch, dass Latte ein Stinkstiefel ist«, begann Dennis hastig. »Beinahe jeder weiß das, aber das ist ja das Problem. Hast du dich mal gefragt, warum er so ist?«
»Nein!«, schnauzte Lisa. »Und ich will's auch nicht wissen.«
»Siehst du! Er ist so, weil ihm niemand Gelegenheit gibt, sich von einer netten Seite zu zeigen. Niemand liebt ihn, selbst die, die ihn kaum kennen, meckern über ihn. Da ist doch klar, dass er …«
»Sein Gorilla Bobo liebt ihn, er leckt ihm die Schuhsohlen ab. Das müsste reichen«, fiel ihm Lisa höhnisch ins Wort und strich sich eine rote Locke hinters Ohr.
»Du bist ungerecht und voreingenommen wie alle anderen«, entgegnete Dennis heftig. »Dabei hat er dir nie was getan! Du hältst doch sonst so viel von einer unabhängigen Meinung, jetzt beweise sie mal.«

»Wegen Latte? Pffff ... Ich bin doch nicht meschugge.«
»Meschugge?«, hakte Kim höflich ein.
»Halt die Klappe, ja?«, fuhr ihn Dennis an und wandte sich wieder an Lisa. »Wenn du ihm nur eine klitzekleine Chance einräumen würdest.«
»Eine Heldentat für die ganze Schule«, murmelte Kim unterwürfig. »So würdest du im Handumdrehen aus einem wutschnaubenden Bullen einen knuddeligen Teddybären machen, den wir alle liebhaben könnten. Nie wieder würde Latte jüngeren Schülern die Zähne einschlagen.«
»Genau«, bestätigte Dennis verzweifelt. Er wollte wohl den ironischen Ton nicht hören. »Gib ihm eine halbe Stunde im Café, eine Viertelstunde, zehn Minuten ...«, bettelte er mit ersterbender Stimme.
Mittlerweile hatten sie die Bushaltestelle erreicht. Latte und Bobo waren jetzt auf Hörweite herangekommen. Nun blieben sie stehen, obwohl Latte nicht auf den Bus zu warten brauchte, denn er wohnte nur zwei Straßen weiter.
»Wenn ich mich mit so einem Ekelpaket an einen Tisch setze, wird mir übel. Ich müsste alles auskotzen, was ich in den letzten drei Jahren gegessen habe. Am Ende wäre ich richtig hohl innen«, sagte Lisa mit erhobener Stimme.
»Du kannst nicht so bekloppt sein, auch nur im Entferntesten anzunehmen ...«

»Bekloppt und meschugge, ist das das Gleiche?«, fragte Kim freundlich. Dennis puffte ihn in die Seite. »Aber Latte verehrt dich, Lisa, er himmelt dich an …«

Dennis' Augen sahen klein und verquollen aus.

»Ist mir egal«, fertigte Lisa ihn ab. »Ich muss ihn schon jeden Tag in der Klasse ertragen – das reicht. Hörst du? Ein Treffen kommt nicht infrage, nicht mal über meine Leiche oder deine.«

»Sag nicht so was«, presste Dennis gequält hervor.

Der Bus kroch um eine Straßenbiegung. Plötzlich packte Lisa Dennis am Arm, sodass der Ärmel seines Anoraks ein Stück hinaufrutschte und sein Handgelenk freigab, ein recht schmales, nacktes Handgelenk. »Was hat Latte dir denn für den Versuch, mich herumzukriegen, gegeben? Wie viel? Oder gibt es nur ein Erfolgshonorar?«

Dennis winselte Unverständliches.

Zufällig sah Kim, wie Latte etwas aus der Hosentasche zog und auf das Pflaster fallen ließ. Betont langsam trat er mit seinem Stiefel darauf und drehte den Absatz ausgiebig hin und her. Für einen Moment sträubten sich Kim die Nackenhaare. Aus den paar Metern Entfernung meinte er etwas Metallisches knirschen zu hören, während Latte höhnisch grinste.

Kims Blick flog zu den Geschwistern und zu Dennis' Handgelenk zurück, das jetzt noch nackter wirkte.

Der Bus hielt, die ersten Kinder drängelten hinein, um nur rasch aus dem Nieselregen zu kommen. Als Dennis an der Reihe war, wandte er Kim das Profil zu. Die dunkle Stelle auf der Wange, kurz unter dem Auge, war wohl ein blauer Fleck.

Durch das Rückfenster beobachtete Kim Latte, der finster dem Bus nachstarrte. Dann, im letzten Augenblick, fegte er mit einer wütenden Bewegung mit dem Stiefel etwas Blinkendes in den Rinnstein.

»Kim?«, meldete sich Dennis kläglich. »Können wir heute Nachmittag noch mal versuchen Großvater Kaos Uhr in Gang zu setzen? Ich hab eine neue Idee.«

»Nein«, antwortete Kim rasch.

Großvater Kaos Reiseuhr war allein seine Angelegenheit. Ein Abschiedsgeschenk, als er bedrückt und traurig auf dem Flughafen von Shanghai auf das Flugzeug gewartet hatte, das ihn aus seinem bisherigen, sehr glücklichen Leben entführen sollte. Wie ein zu jahrzehntelangem Exil Verurteilter war er sich vorgekommen, dabei traf ihn doch gar keine Schuld. Und da hatte ihm sein Großvater Kao, der einige Jahre als tibetischer Mönch tief im Himalaja verbracht hatte, einen schäbigen, achteckigen Holzkasten in die Hand gedrückt. Den Kasten mit der Reiseuhr. Eine Uhr, die man nicht einfach irgendwohin mitnahm, sondern mit deren Hilfe man reiste wie andere mit dem Flugzeug, dem Auto oder der Bahn. Oder doch nicht ganz so.

Beim ersten Versuch, mit der Uhr nach Hause zu gelangen, war Kim zusammen mit Dennis, Lisa und Lisas Hund Willie statt in Shanghai in Paris gelandet. Genauer gesagt im Pariser Louvre im Jahr 1617. Das war eine abenteuerliche und höchst gefährliche Geschichte gewesen, da sie sofort in eine Verschwörung gegen den französischen König verwickelt worden waren.

Um nicht noch einmal so eine Panne zu erleben, versuchte Kim seitdem mit äußerster Vorsicht, das Geheimnis der Uhr zu ergründen beziehungsweise wie sie funktionierte. Leider ohne Erfolg. Denn seit jener Reise in den Louvre stand die Uhr still. Sie ließ sich nicht mehr in Gang setzen, als wäre der gesamte Mechanismus eingerostet. Möglicherweise war sie ja gleich beim ersten Mal beschädigt worden. Aber das konnte Kim nur vermuten. Zweimal hatte er Dennis erlaubt sich unter seiner Aufsicht die Uhr anzusehen, sie zu fotografieren und Zeichnungen davon anzufertigen. Nur berühren dürfen hatte er sie nicht.

Alle paar Tage kam Dennis herüber und bestürmte Kim mit einer neuen waghalsigen Theorie über die Reiseuhr. Standhaft hatte sich Kim bisher geweigert auch nur eine davon auszuprobieren – zumindest in Gegenwart von

Dennis. Viel zu gefährlich, hatte er jedes Mal sorgenvoll erklärt. Tatsächlich aber hatte er sich ganz allein darangemacht, die Uhr in Gang zu bringen. Denn er war fest entschlossen, ohne Dennis nach Shanghai zu reisen, zu Großvater Kao, von dessen Haus man direkt aufs Meer blickte.

Gerade ratterte der Bus stadtauswärts am Aasee vorbei. Nicht mehr als eine braune Pfütze, dachte Kim verächtlich. Das Wasser sah genauso einladend wie geschmolzenes Blei aus. Dagegen dehnte sich das Meer vor Großvater Kaos Haus tiefblau und unendlich weit bis zum Horizont aus und war mit schimmernden weißen Schaumkronen besetzt. Kim fragte sich, wie er es auch nur einen Tag ohne das Meer aushalten konnte. Jetzt segeln auf einer kleinen chinesischen Dschunke ...

Dennis zupfte ihn am Ärmel. »Warum nicht?«, fragte er mit erstickter Stimme.

Kim hatte keine große Lust, sich auf Mitleid einzulassen, wo er doch selbst gerade dabei war, ein bisschen Trübsal zu blasen.

»Ich dachte, du bist mein Freund«, winselte Dennis.

»Freundschaften muss man sich sehr genau überlegen«, sagte Kim abweisend.

»Da hörst du's, du Nervensäge«, schaltete sich Lisa ein. »Hör auf, Kim zu belästigen. Außerdem hat er heute

Nachmittag sowieso keine Zeit für dich. Wir müssen für die Mathearbeit morgen pauken.«
Ein kleiner Alpdruck legte sich Kim aufs Herz. In Shanghai hatte er nie für eine Mathearbeit pauken müssen. Es war demütigend, dabei auch noch auf Lisas Hilfe angewiesen zu sein. Jetzt fühlte er sich annähernd so unglücklich wie der arme Dennis.

Dennis auf der Flucht

Seit zwei Stunden verhakelten sich in Kims Hirn algebraische Formeln, die Lisa unerbittlich für ihn zu entwirren suchte. Sie bestand darauf, ihm etwas zu erklären, was er eigentlich nicht erklärt haben wollte. Wieder einmal war er in Gedanken in Shanghai, in seiner alten Schule, in der er in keinem Fach nennenswerte Schwierigkeiten gehabt hatte. Hier in Westfalen hatte ihm der Nebel zwischen Drensteinfurt und Münster das Gehirn verkleistert und er wartete nur darauf, seinem Vater klarzumachen, dass seine Zukunft nur in Shanghai liegen konnte. Jedenfalls wollte er keinesfalls als Schafskopf in Stewwert, wie das Kaff für die Einheimischen hieß, enden.
Seit über fünf Wochen war sein Vater damit beschäftigt, in Shanghai letzte berufliche Angelegenheiten zu regeln, viel zu lange für Kims Ungeduld.
Zusammen mit Lisa saß er im oberen Stockwerk in seinem Zimmer. Sie hatten das Licht einschalten müssen, so düster war es im Raum.

Mitten auf dem Fransenteppich lag Willie, Lisas kleiner Hund, der mit seinem hellen Wuschelfell selbst wie ein Stück Fransenteppich aussah.
Auf einmal hob er den Kopf.
Kim nahm an, dass es der Kopf war, denn vorne und hinten ließ sich bei Willie schlecht unterscheiden. Jetzt blitzten die dunklen Knopfaugen durch den zotteligen Behang auf Willies Stirn. Wieso starrte Willie die hässliche braune Holzdecke an? Nicht einmal eine Spinne hing von ihr herab. Und über ihnen gab es nur noch den großen dunklen Dachboden voller altem Gerümpel, den Tante Betty wegen irgendwelcher Papiere ihres längst verstorbenen Bruders, Kims deutschem Großvater, stets verschlossen hielt.
Nun streckte Willie die Hinterpfoten aus, machte sich lang, gähnte und blaffte kurz.
»Kusch!«, sagte Lisa streng. »Und du passt nicht auf, du träumst schon wieder«, herrschte sie Kim an. »Warum gebe ich mich mit dir Trantüte bloß ab?«
Verärgert schüttelte Kim den Kopf. Er träumte nicht, er lauschte. Da war ein sehr leises Knarren über ihnen zu hören. Jemand schlich mit äußerster Vorsicht auf dem Dachboden herum.
Wenn nicht Großvaters Kaos Uhr in einem alten Schrank dort oben stecken würde, hätte Kim das verstohlene Knar-

zen und Knarren egal sein können. Aber wegen der Uhr, seinem kostbarsten Besitz, war er ständig in Sorge. Denn er befürchtete, dass Tante Betty eines Tages darauf stoßen würde. Bestimmt würde sie den schäbigen Holzkasten direkt in den Müll werfen, ohne sich die Mühe zu machen, nachzusehen, was darin steckte. Und wenn doch, würde sie die Uhr auch wegschmeißen, weil sie allem Chinesischen gegenüber größtes Misstrauen hegte. Seit Wochen suchte Kim nach einem besseren Versteck, aber er hatte noch keins gefunden.

Jetzt wurde auch Lisa auf die Geräusche aufmerksam.

»Da ist wer auf dem Dachboden«, sagte sie.

»Hörst du's auch?«, fragte Kim angespannt.

»Das ist nur Großtante Betty. Wahrscheinlich kramt sie in den Kisten herum. Ich hätte keine Lust, in lauter Spinnweben zu fassen. *Können* wir jetzt weitermachen?«

»Kim!«, rief Tante Betty von unten aus der Diele. »Bringst du mir bitte den Schlüssel zur Bodentreppe? Und schließ vorher ab. Ich hab's heute Mittag ganz vergessen.«

Kim zuckte zusammen.

Also war Tante Betty nicht auf dem Dachboden! Aber wer dann? Rasch gesellte sich Ärger zu seinem Schreck. Jedes Mal, wenn er sich mit der Uhr befassen wollte, musste er eine Gelegenheit abwarten, um unbemerkt an den Schlüssel zu gelangen.

Diesmal hätte sich so eine Gelegenheit von selbst ergeben und er hatte sie wegen ein paar läppischer algebraischer Formeln, die Lisa ihm einhämmern wollte, verpasst. Und jetzt trapste jemand Fremdes in der Nähe der Uhr herum.

»Wenn Tante Betty nicht oben ist, wer …«, begann Lisa, brach ab und starrte die Decke an.

Etwas scharrte dort oben.

»Ratten?«, fragte Lisa zaghaft.

Das waren bestimmt keine Ratten. Sondern Schlimmeres, schwante Kim.

Das Scharren war unheimlich. Besorgniserregend.

»Kim«, flüsterte Lisa, »das klingt gar nicht gut.«

»Ach was«, würgte Kim hervor. »Das ist dieses teuflische Novemberwetter draußen. Das macht einen kirre. Entschuldige mich einen Moment.« Er schob den Stuhl zurück und stand auf. »Bin gleich wieder da. Dann rechnen wir das letzte noch mal nach, ja? Du kannst ja schon die nächste Gleichung vorbereiten.« Hoffentlich ging sie darauf ein. Hoffentlich hielt ihr Ehrgeiz sie auf ihrem Stuhl fest. Am besten schmeichelte er ihr noch ein bisschen. »Ohne dich käme ich nie dahinter, du bist schon ein Ass in Mathe.«

»Ach nee!«, sagte sie eindeutig spöttisch und erhob sich.

Willie jaulte und kroch auf die Tür zu.

»Du bleibst hier!«, befahl Lisa. »Wenn das da oben auf dem Dachboden Dennis, dieser Dämlack ist, kann er was erleben.«
Demnach hatte Lisa Kims Täuschungsmanöver mühelos durchschaut. Bestimmt dachte sie an die Unterhaltung mit Dennis im Bus und unweigerlich an Großvater Kaos Uhr. Lisa wusste, wie besessen ihr Bruder davon war.
Kim stieß die Tür auf, zum Reden blieb keine Zeit und es war auch überflüssig. Sie wussten ja beide, was auf dem Spiel stand. Nicht auszudenken, was Dennis gerade mit Großvater Kaos Uhr anstellte.
Mit Lisa zusammen rannte Kim über den Flur. Keiner von beiden verstand, was Tante Betty von unten rief, denn die Standuhr im Wohnzimmer begann gerade mächtig zu rasseln. Das war ihre übliche Ankündigung, bevor sie die Stunden schlug.
»Ich hol den Schlüssel«, schrie Kim zur Vorsicht an Tante Betty gerichtet, während er mit Schwung die Tür zur Bodentreppe aufriss, »dauert nur eine Minute!«
Dumpf dröhnte der erste Schlag der Uhr durchs Haus.
An Kim vorbei wuselte etwas Weißes, Wuscheliges.
»Komm sofort zurück, Willie!«, rief Lisa vergebens.
Kim hetzte hinter den beiden her. Um rascher voranzukommen, nahm er zwei Stufen auf einmal. Denn die Geräusche von oben wurden immer bedrohlicher. Da war

die obere Tür. Kaum hatte er sie als Letzter passiert, klappte sie zu, während der Dachboden in Dunkelheit versank. So gut wie nichts war jetzt noch zu erkennen. Durch die beiden runden Fenster in den Stirnseiten fiel auch bei Sonnenschein wenig Licht.

Wo war der Schalter für die Beleuchtung? Keine Zeit, danach zu tasten. Plötzlich klatschte Kim etwas Helles, Nasses, Riesiges mitten ins Gesicht, umschlang ihn, hielt ihn fest, schnürte ihm die Luft ab. Lisa stöhnte vor Schreck auf und von Dennis hörte Kim einen unterdrückten Schrei. Das Verhängnis war schon in vollem Gang.

Mit beiden Armen kämpfte Kim gegen die Umklammerung an und trat wild um sich. Kaum hatte er den Kopf wieder frei, schlug er lang hin. Als er weiterkroch, unter all den Bettlaken her, die Tante Betty hier zum Trocknen aufgehängt hatte, taten ihm die Knie weh.

Sobald er sich aufrichtete, wirbelte ihm noch ein Kopfkissenbezug um die Ohren, den er grimmig mit sich riss. Nur nicht länger aufhalten lassen. Lisa hatte auch einen Lappen um den Kopf gewickelt, als sie den Schrank endlich erreichten. Den großen alten Schrank mit Großvater Kaos Uhr.

Ein kalter, feuchter Wind brauste ihnen aus dem Schrank entgegen, ein ganz widersinniger Wind. Er roch, als wenn er von weit her käme.

Dennis hockte zitternd auf ein paar Lumpen. Den aufgeklappten achteckigen Holzkasten mit der Uhr hielt er mit beiden Händen fest.

»Ich kann sie nicht mehr stoppen«, flüsterte er und schaute kalkweiß zu Lisa und Kim auf. »Dabei habe ich gar nichts gemacht, sie ist ganz von selbst in Gang gekommen.«

Kim und Lisa drängten in den Schrank, zuletzt drückte sich Willie hinein, obwohl er offenkundig eine Todesangst ausstand. Aber allein draußen bleiben wollte er auch nicht. Gebannt und entsetzt starrten sie alle auf die Uhr. Sie konnten den Blick gar nicht mehr abwenden, während um sie herum der Wind heulte.

Zaghaft streckte Kim die Hand nach der Uhr aus. Sollte er es wagen, einen der Zeiger, die sich langsam drehten, festzuhalten? Ging das überhaupt? Mit den Kräften der Uhr war nicht zu spaßen. Vor verzweifelter Suche nach einem Ausweg wurde ihm flau im Magen.

Alles, was er, Lisa oder Dennis über Uhren wussten, gleich ob Standuhren, Tischuhren, Pendeluhren, Armband-, Stopp- oder Taucheruhren, nutzte ihnen überhaupt nichts, um diese Uhr zu verstehen. Sie hatte ihre eigenen Gesetze. Mit ihren vielen Zeigern und den neben-, unter- und ineinander angeordneten Ziffernringen aus verschiedenen Metallen, den Zahnrädern, Achsen und Zapfen, von denen ein guter Teil zwischen den Ringen zu erkennen war, sah sie äußerst verwirrend aus: ein hochkomplizierter Mechanismus. Außerdem waren auf den Ziffernringen keine Zahlen eingraviert, sondern chinesische Schriftzeichen. Kim kannte nur die dreitausend, die fürs Lesen gewöhnlicher Briefe, der Zeitung und fast aller Bücher reichten. Diese hier mussten zu den fünfundvierzigtausend gehören, die er nicht kannte, die auch sonst kaum jemand außer Großvater Kao beherrschte. Nur zwei hatte Kim bislang identifiziert: das Zeichen für Mond und das für Wasser. In der Mitte der Uhr saß ein glasklarer Kristall, der sich langsam grün färbte, während zwei kleine Zeiger sich fast verstohlen bewegten – und zwar rückwärts.

Der eine trug an der Spitze einen winzigen Mond, der andere etwas, das an Wasserwellen erinnerte.

Furcht legte sich Kim wie ein schwerer, nasser Sack auf die Brust, eine Furcht, die ihn direkt aus dem grünen, pulsierenden Zentrum ansprang.

Das grüne Licht im Kristall wand sich wie ein winziger tollwütiger Drache in Achterschleifen und schien die Zeiger, die immer mehr Fahrt aufnahmen, anzufeuern.

Kim begann es vor den Augen zu flimmern. Der Schrank bebte, ächzte und knarrte. Aus dem Wind war längst ein Sturm geworden. Ein Wirbelsturm! Wie aus weiter Ferne hörte Kim Dennis und Lisa vor Angst schreien. Sie klam-

merten sich alle drei aneinander, um nicht herausgeschleudert zu werden. Während sie gegen den ungeheuren Wirbel ankämpften, wurde jeder Ton unendlich gedehnt. Ihre Gesichter verzogen sich, lösten sich auf und sausten in langen nebelhaften Fetzen um die Uhr in ihrer Mitte herum. Danach erstarben die Geräusche, als ob Wachs oder Watte die Ohren verstopfte, und Kim sah und hörte nichts mehr.
Nur in seinem Kopf ging das furchtbare Kreiseln weiter. Er spürte die Kräfte, die an ihm zerrten und zogen, als wollte man ihn in einer riesigen Zentrifuge zu Brei zerquetschen.
Beinahe hätte er das Bewusstsein verloren. Aber kurz davor barst mit einem Donnerschlag der Schrank und alle zusammen kugelten sie hinaus.

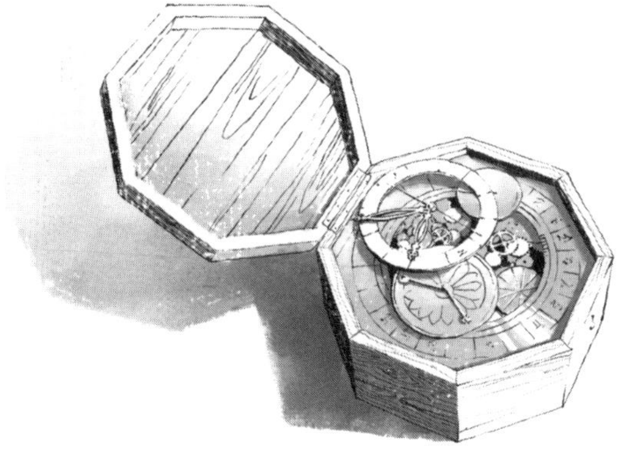

Unter Ratten

Um sie herum war es abgrundtief finster. Kim hatte nur einmal kurz die Augen aufgerissen, die tintenschwarze Dunkelheit erfasst und entsetzt die Lider wieder geschlossen. Noch wirkte der Drehschwindel nach, der sich nur sehr langsam legte. Das flaue Gefühl im Magen wollte überhaupt nicht aufhören.

»Ist mir schlecht!«, stöhnte Lisa.

Wo waren sie bloß gelandet?, fragte sich Kim. Vorsichtig tastete er neben sich den Boden ab. Eindeutig Holz, Holzdielen. Die fassten sich irgendwie vertraut an. Und noch immer roch es nach feuchter Wäsche.

Glück gehabt. Er gönnte sich einen tiefen, entspannenden Atemzug. Nichts Ernsthaftes passiert. Höchstens die Sache mit dem kaputten Schrank. Hinter sich spürte er die aufgeklappte Tür und rutschte mit dem Hintern darüber, bis er den Schrank erreichte. Nachdem er ihn ein bisschen abgetastet hatte, nahm er an, dass er nur auf die Seite gekippt, aber nicht zerbrochen war. Alles halb so schlimm. Mit Dennis' und Lisas Hilfe würde er den Schrank wieder aufrichten. In Gedanken war er bereits bei der Arbeit.

»Wo sind wir?«, fragte Dennis mit zittriger Stimme. »Ich seh nichts.«

Kim hatte große Lust, Dennis im Unklaren zu lassen und ihm als Vergeltung für den Schlamassel, den er angerichtet hatte, noch dazu ein bisschen einzuheizen. Vielleicht sollte er ihn den Schrank allein aufrichten lassen und dabei zusehen, wie Lisas kleiner Bruder ins Schwitzen geriet.

»Ich seh auch nichts«, jammerte Lisa.

»Entspannt euch – alle beide«, sagte Kim großmütig, »wir sind genau da, wo wir vorher waren.«

»Auf dem Dachboden? Meinst du wirklich?«, fragte Lisa voller Hoffnung. »Du bist ganz sicher?«, fuhr sie eindeutig skeptischer fort. »Dann lasst uns mal sehen, ob wir Licht machen ...«

Der Rest ging in einem erbärmlichen Würgen unter, während sich der Dachboden mit allen Kisten, Truhen und Schränken ächzend in die Höhe hob.

Es war kein Irrtum möglich.

Fünf oder sechs unendlich lange Sekunden hing der Dachboden mit ihnen allen irgendwo oben. Sie verharrten in der Schwebe wie auf dem höchsten Punkt einer Achterbahn, dann ging es abwärts. Dem Gefühl nach blieb Kims Magen auf halber Strecke hängen, als der Dachboden mit einem Donnergetöse herunterkrachte.

»Das«, keuchte Lisa, »halte ich nicht aus.«

Kim hörte, wie sie sich erbrach. Sie war noch nicht fertig, als der Dachboden wieder hochstieg.

Die Hände auf den Magen gepresst, bemühte sich Kim verzweifelt darum, den Inhalt bei sich zu behalten. Der Gestank von Erbrochenem hüllte ihn von zwei Seiten ein, denn Dennis machte es Lisa inzwischen nach.

»Ich hab noch nie ein Erdbeben erlebt«, flüsterte Dennis, sobald er sich nicht mehr übergab, mit hohler Stimme. »Du etwa? Fällt das Haus zusammen?«

Allmählich hatten sich Kims Augen an die Dunkelheit gewöhnt. Es kam doch etwas Licht herein. Umrisse traten hervor. Kisten, jede Menge Kisten, der Dachboden stand ja voll davon. Aber sie hatten sich etwas verschoben. *Cha bu duo*, das passt schon, dachte er und unterdrückte einen nagenden Zweifel.

»Wieso kotzt du nicht?«, fragte Lisa beinahe vorwurfsvoll und packte Kim am Handgelenk.

Er hatte gerade aufstehen wollen, ging aber jetzt nur in die Hocke.

»Ja, warum kotzt du nicht?«, fiel Dennis jammernd ein. »Mir zieht das Erdbeben die Eingeweide raus.«

Erdbeben? Das war kein Erdbeben. Das Auf und Ab des Dachbodens erinnerte Kim vage an etwas anderes.

»Ich heb's mir für später auf. Lasst mich in Ruhe.« Kim blickte sich um.

Wo war nur Großvater Kaos Uhr geblieben? Erleichterung überkam ihn, als er sie neben sich entdeckte. Vorsichtig zog er sie näher. Der Kristall leuchtete nicht mehr. Die Zeiger, die er kurz befühlte, standen still. Behutsam klappte er den Deckel zu, wickelte die Uhr sorgfältig in einen Lappen, den er unter seinem Hintern hervorgezogen hatte, und schob sie, ohne hinzuschauen, verstohlen nach hinten in den Schrank. Oder das, was er für den Schrank hielt. So tief hinein, wie er langen konnte, ohne sich groß zu bewegen. Denn noch während er dabei war, hatte er das unbestimmte Gefühl, beobachtet zu werden. Nicht von Lisa oder Dennis. Den eindeutigen Würggeräuschen nach, waren sie mit etwas anderem beschäftigt. Und Willie saß neben ihnen und gab ein paar klägliche Wuffs von sich.

»Wenn das ein Erdbeben ist, müssen wir sofort vom Dachboden runter und nach draußen. Und wir müssen Tante Betty mitnehmen, hoffentlich ist sie nicht längst vor Schreck in Ohnmacht …«, keuchte Lisa und verstummte.

Hinter den Kisten türmten sich Fässer auf. Die waren neu auf dem Dachboden, jedenfalls konnte sich Kim an keine

erinnern. Und auf dem obersten dieser Fässer leuchtete ein Paar kleiner giftiger Augen.
Jetzt hatte auch Lisa die Augen entdeckt.
»Eine Ratte!«, schrie sie auf.
»Muss eine ziemlich fette sein«, murmelte Dennis halb fasziniert, halb entsetzt, »die größte aller Ratten, wahrscheinlich der Rattenkönig.«
Willie hob den Kopf, stand auf, bellte kurz und schob sich ein Stück nach vorn.
»Nicht, Willie, bleib hier«, sagte Lisa und streckte eine Hand nach dem Hund aus.
»Er ist tapfer«, sagte Kim. »Willie, der Rattenfänger.«
»Nicht mit mir«, gab Lisa scharf zurück.
In diesem Moment hörten sie ein leises hohes Pfeifen, ein Ton, der Kim eine Gänsehaut über die Arme jagte. Oben auf den Fässern bewegte sich etwas. Huschte davon.
Willie sprang an den Kisten hoch. Und noch während er dem Rattenkönig hinterherbellte, bewegten sich die Fässer. Plötzlich war der Dachboden mit rollenden Fässern erfüllt. Kim hechtete zur Seite und riss Lisa mit. Beide überschlugen sich. Kim spürte einen Schlag am Ellbogen, der diesen taub werden ließ. Als er sich endlich wieder aufrichtete, blickte er sich um und erkannte im Dämmerlicht Dennis, der am Boden hockte und stöhnend ein Fußgelenk bewegte.

»Meinst du, du kannst aufstehen?«, fragte Kim besorgt und rieb sich den Ellbogen.

»Ich hoff's.«

»Kim?«, rief Lisa. »Dennis? Wo ist Willie?«

Alle sahen sich um.

»Willie?«

Sie riefen ihn abwechselnd. Wenn er wenigstens jaulen würde. Aber von ihm war weder etwas zu hören noch zu sehen. Möglicherweise war er ja weggelaufen, als die Fässer herabrollten. Kim hoffte inständig, dass es ihm gelungen war, ihnen auszuweichen. Gemeinsam mit Lisa und Dennis machte er sich auf die Suche. Wegen der Dunkelheit und all des herumstehenden und -liegenden Zeugs brauchten sie eine ganze Weile, bis sie hinter einer Kiste etwas Weißes entdeckten, das wie ein zerknautschtes Stück Teppich aussah.

Willie war anscheinend von einem Fass überrollt worden. Wie plattgedrückt lag er auf der Seite.

Und rührte sich nicht mehr.

Lisa kroch zu ihm und wagte nicht ihn anzufassen. Sie brach in Tränen aus.

»Er ist tot«, stellte Dennis mit tonloser Stimme fest und ging auf die Knie nieder. »Armer Willie.« Völlig fertig schlug er die Arme über dem Kopf zusammen und begann elend zu schluchzen.

»Wenn ich doch bloß die Uhr nicht angefasst hätte!« Kim beachtete ihn nicht. Ganz dicht rückte er an den kleinen Hund heran. Mit angehaltenem Atem schob er vorsichtig seine Hand an die Stelle, wo Willies Herz sein musste.

Er spürte nichts.

Und nun hob sich der Dachboden erneut und diesmal schwankte er auch noch zur Seite. Fässer rollten. Es wurde wieder gefährlich.

»Wir sind nicht auf Tante Bettys Dachboden«, sagte Lisa und stemmte sich gegen ein Fass. »Ich glaub's jedenfalls nicht. Aber ich weiß überhaupt nicht mehr, was ich glauben soll. Wenn wir auf dem Dachboden wären, könnte ich jetzt runterlaufen und den Tierarzt anrufen.« Sie keuchte auf, als der Dachboden wieder mit Getöse niederkrachte.

»Ist Willie tot?«, fragte Dennis bebend. Er hatte aufgehört zu schluchzen. »Ist er tot, Kim?«, fuhr er drängend fort. »Sag doch was!«

Kim hielt noch immer die Hand auf Willies Herz.

In dem Fellgewuschel so etwas wie einen Herzschlag zu spüren, war genau genommen unmöglich, und deshalb dauerte es ziemlich lange, bis er sich seiner Sache einigermaßen sicher war. Als nur noch ein winziger Zweifel übrig blieb, fuhr er über das gelockte Fell und tastete mit äußerster Behutsamkeit den kleinen Körper ab, ständig darauf gefasst, Feuchtigkeit zu spüren. Blut.

Kein Blut.

»Sag was!«, drängte jetzt auch Lisa, die ihn gelähmt vor Angst beobachtete.

»Meiner Meinung nach ist er nur bewusstlos wie nach einem K.-o.-Schlag«, antwortete Kim endlich. »Äußere Verletzungen hat er jedenfalls keine und gebrochen scheint auch nichts zu sein. Aber beschwören kann ich es nicht.«

»Was sollen wir tun?« Hilflos sah sich Lisa um. »Wenn wir wenigstens etwas Wasser hätten, bestimmt braucht er Wasser, wenn er zu sich kommt. Komischerweise höre ich die ganze Zeit schon Wasser schwappen.«

»Ich glaube, wir sollten endlich herausfinden, wo wir gelandet sind«, sagte Dennis dumpf. »An den Dachboden von Tante Betty glaubt doch keiner mehr. Und schaut euch meine Füße an! Meine Schuhe sind weg.«

Genau wie Kim und Lisa war er barfuß.

»Und diese Sachen hatte ich vorhin auch nicht an«, ergänzte Dennis und wies auf die helle Schlabberhose, die ihm knapp bis über die Waden reichte. Sie waren alle drei in etwa gleich gekleidet. Formlose Schlabberhosen, weite bauschige Hemden mit langen Ärmeln und um die Taille so etwas wie ein Schal oder eine Schärpe gewickelt, die Hemd und Hose anstelle eines Gürtels zusammenhielt.

Lisa und Kim trugen Tücher um den Kopf gewunden. Von Lisas Lockenhaar war nichts mehr zu sehen. Und in Kims Schärpe steckte ein Messer in einer Lederscheide. Auf der ersten Reise mit Großvater Kaos Uhr hatten sie sich ebenfalls in völlig fremden Sachen wiedergefunden. Diese hier waren immerhin einigermaßen bequem, fand Kim.

»Wenigstens kneift das Zeug nicht«, stellte Dennis fest, als hätte er seinen letzten Gedanken erraten.

»Das ist doch alles unwichtig«, sagte Lisa gereizt, »denkt lieber an Willie. Was machen wir mit ihm? Was können wir für ihn tun?«

Dennis warf ihr einen abwägenden Blick zu. »Am besten lassen wir ihn hier.«

»Ich kann Willie doch nicht allein lassen!«, fuhr Lisa auf.

Dennis war schwankend aufgestanden und hielt sich an einer Kiste fest. »Wo ist die Uhr?«, fragte er. »Wir sollten zuerst die Uhr suchen, sie hat uns hergebracht, sie muss uns auch zurückbringen, uns und Willie.«

Kim hatte sich wieder auf die Fersen gehockt. »Hört zu. Ich hab die Uhr versteckt und ich schlage vor, wir bringen Willie zur Uhr und sehen uns dann alle zusammen hier um.«

Lisa brachte eine Menge Einwände vor, aber schließlich half sie, Willie zu der großen Kiste zu tragen, in die Kim die Uhr geschoben hatte. Nachdem Dennis die Kiste etwas gründlicher untersucht und Stroh darin entdeckt hatte, war allen klar, dass sie als Tierkäfig gedient hatte. Für den Augenblick bot sie Willie ein sicheres und bequemes Versteck. Die Vorderseite wies unten tennisballgroße Luftlöcher auf und sie ließ sich nach dem Hochklappen mit einem Haken verschließen.

»Er kann nicht weglaufen, wenn er zu sich kommt«, sagte Dennis, um Lisa zu überzeugen. »Bis dahin sollten wir herausgefunden haben, wo wir gelandet sind.«

Kim hatte längst eine Vorstellung davon, mochte sie aber den anderen nicht mitteilen. Besser sie kamen selbst dahinter.

»Mir ist so schlecht, dass ich gerade gar keine Kraft mehr hatte, Angst zu haben. Aber jetzt habe ich welche, eine schreckliche Angst um Willie«, flüsterte Lisa.

Kim hörte die Furcht aus ihrer Stimme heraus und konnte sie beinahe körperlich spüren.

»Ihr geht doch besser allein«, fuhr Lisa trostlos fort. »Was ist, wenn Willie aufwacht und niemand bei ihm ist? Er muss durchdrehen.«

Die Frage war, ob er überhaupt jemals wieder aufwachte. Er konnte innere Blutungen haben oder zerquetschte lebenswichtige Organe. Je länger Kim darüber nachdachte, desto mehr drohte Lisas Verzweiflung auf ihn überzuspringen. Und da war noch seine Sorge um Lisa selbst. Sie konnte vor Schwäche kaum sprechen und musste sich überall festhalten. Es war wichtig, sie so schnell wie möglich aus diesem Rattenloch heraus und an die frische Luft zu bringen, damit sie wieder zu Kräften kam.

»Helfen kannst du ihm im Augenblick sowieso nicht. Wir gehen alle oder keiner«, sagte er brüsk.

»Ach, und das hast du zu bestimmen?« Angriffslustig machte Lisa einen Schritt auf ihn zu und schwankte hilflos. »Eine halbe Stunde«, lenkte sie ein, »in einer halben Stunde sind wir wieder hier. Können wir uns darauf einigen?«

»Geht klar«, sagte Dennis rasch.

Mitten im …

Wie spät ist es überhaupt? Dennis, schau auf deine Taucheruhr. Die hat Leuchtzeiger«, sagte Lisa.

Dennis zuckte zusammen. »Ich hab die Uhr nicht dabei«, murmelte er kleinlaut.

»Was heißt, du hast sie nicht dabei? Du trägst sie doch immer.«

»Sei kein Schaf, Lisa«, mischte sich Kim besonnen ein. »Was in Tante Bettys Haus eine Taucheruhr war, ist hier und jetzt bestimmt keine mehr. Durch die Reise hat sich alles, was wir dabeihatten, verwandelt, genau wie letztes Mal.«

Sein Schweizer Taschenmesser zum Beispiel hing nun in Gestalt eines zwanzig Zentimeter langen Dolchs an seiner Hüfte.

»Das hatte ich vergessen«, stöhnte Lisa auf, »es ist alles so fremd hier. Und vor Übelkeit kann ich kaum denken. Aber was machen wir ohne Uhr? Wir *müssen* wissen, wie spät es ist. Wenn es so läuft wie letztes Mal, haben wir nur vierundzwanzig Stunden Zeit. Und wir wissen nicht, wie lange wir schon hier sind.«

Als sie vier Wochen zuvor mit Großvater Kaos Uhr verreist waren, hatten sie herausgefunden, dass sie nur nach Hause zurückkehren konnten, wenn sie sich auf die Minute genau vierundzwanzig Stunden nach ihrer Ankunft mit der Uhr an demselben Ort befanden, an dem sie angekommen waren. Damals war es eine kleine enge Kammer gewesen, in die sich der Schrank verwandelt hatte. Diesmal war es die Holzkiste, in der Willie nun lag. Was würde passieren, wenn sie den Rückreisezeitpunkt verpassten? Möglicherweise saßen sie dann an diesem grauenhaften Ort für immer fest. Einem Ort, über den noch keinerlei Klarheit herrschte.

Kim erwog, ob es sinnvoll sein konnte, wenn sie sich für die restlichen Stunden alle zusammen in die Kiste quetschten und einfach die Rückreise abwarteten. Er war sehr dafür, kein Risiko einzugehen, denn es interessierte ihn nicht wirklich, wo sie waren. Schließlich hatte er mit der Uhr ja nur nach Shanghai gelangen wollen, nirgendwo sonsthin.

»Wir sollten jetzt los«, sagte Dennis nervös. Vielleicht hatte er Angst, dass Lisa auf die Taucheruhr zurückkam. »Von den vierundzwanzig Stunden, die wir haben, können noch nicht viele vergangen sein. Aber je länger wir trödeln, desto weniger Zeit bleibt uns, Hilfe für Willie zu holen. Oder zumindest frisches Wasser.«

Selbst Lisa musste einsehen, dass das, was Dennis vorgebracht hatte, vernünftig klang. Jetzt endlich war sie bereit mitzukommen.

Aber ehe sie einen Weg hinaus suchten, stellten sie noch eins der Fässer vor die Kiste, in der Willie und die Uhr steckten. Auf Kims Vorschlag tasteten sie sich dann an einigen Stützpfosten vorbei bis zur nächstgelegenen Wand, die sich eigenartig nach außen wölbte. Eine Holzwand. Und die Decke war niedrig genug, um sie mit lang ausgestrecktem Arm berühren zu können. Auch sie war aus Holz. Keiner bemerkte etwas dazu, alle waren mit ihren eigenen Gedanken beschäftigt oder einfach damit, sich an allerhand aufgestapeltem, fremdartigem Zeug entlang vorwärtszuschleppen.

Immer wieder hielt Lisa inne, während sie würgte und sich krümmte. Von ihnen dreien ging es ihr am schlechtesten, trotzdem klagte sie nicht mehr. Ein Stück vor ihnen fiel von irgendwo oben fahles Licht ein. Dort schien ein breiter Schacht zu sein. Darauf hielten sie zu, bis sie eine steile Treppe erreichten, die hinaufführte. Falls das eine Treppe sein sollte. Sie bestand nämlich nur aus einem dicken Balken mit Querstreben, auf denen die Füße kaum Halt finden konnten.

»Ich hatte gedacht, wir müssten irgendwo runter«, sagte Lisa verwundert.
»Du glaubst immer noch an den Dachboden«, murmelte Kim.
Schon nach den ersten beiden Sprossen weigerte sich Dennis weiterzuklettern, sodass Lisa und Kim ihn von hinten schieben mussten. Ein Stockwerk höher stießen sie auf Säcke, aufgestapelte Ballen und riesige Seilrollen. Und es ging noch weiter nach oben. Sie kamen an Kammern vorbei, in denen es nach ungewaschenen Kleidern und stark nach Käsesocken roch und in denen sie an den Wänden sargartige Kojen mit zusammengeknüllten Decken vorfanden.
»Komisch, nicht wahr?«, meinte Dennis verhalten. »Geht euch die Stille auch so auf die Nerven?«
»Stille?«, japste Lisa. »Hast du Stille gesagt? Ich komme mir wie an einer Autobahn vor.«
Lisa brauchte nicht extra auf das Dröhnen und Rauschen einzugehen, noch auf die Schlaglaute und das metallische Klicken und Klacken. Von Stille nicht die Spur.
»Du weißt genau, was ich meine. Keine Stimmen außer unseren. Wo sind die Leute? Wisst ihr, was ich glaube? Außer uns ist kein Mensch hier. Das ist unheimlich.«
Einen Augenblick blieben sie stehen und lauschten angespannt. Da war tatsächlich niemand zu hören. Das Feh-

len jeder menschlichen Stimme oder Gegenwart hatte etwas unbezwingbar Geisterhaftes, das sie schaudern ließ. Lisa klammerte sich an Dennis, außerstande weiterzugehen. Keiner sprach mehr und jetzt konnten alle umso deutlicher die Stille spüren, die Dennis gemeint hatte: ein grauenhaftes Verlassensein.

»Es riecht nach Tod«, wisperte Lisa nach einer langen Pause. »Dabei weiß ich nicht wirklich, wie das riecht, aber so stell ich es mir vor.«

»Für mich riecht es hier nach Ratten und Mäusen«, sagte Kim leidenschaftslos. »Vielleicht nach toten Ratten und Mäusen.«

»Was?«, rief Dennis.

Sie kamen an eine weitere steile Treppe. Vielleicht die letzte, denn es wehte jetzt frische Luft herein, die Kim und die anderen gierig einsogen. Wenig später standen sie auf rutschigen Holzplanken, während ihnen ein Sprühnebel ins Gesicht wehte.

Vor ihnen, jenseits einer Holzbrüstung, nur ein paar Meter entfernt, erstreckte sich unendlich weit und erhaben das Meer. Eine graue See verschwamm weit draußen mit dem Horizont und wälzte sich in ungeheuren Wogen heran. Ein Brecher krachte über die Brüstung, Wasser spülte über ihre nackten Füße und lief ab. Kim schüttelte sich.

Über ihnen blähten sich an turmhohen Masten rotbraune Segel. Riesigen Kissen gleich, fingen sie den Wind ein, der heulend durch die Takelage fuhr.
»Wir sind auf einem Schiff«, stöhnte Lisa entgeistert.
Wie auf Kommando drehten sich alle zugleich um.
»Mitten im Ozean«, ergänzte Dennis. »Oder siehst du irgendwo Land?« Er klammerte sich an Kim fest, der auf dem schwankenden Schiff selbst um sein Gleichgewicht kämpfte. »Ich hab's geahnt, die letzten zwei Hühnerleitern rauf hab ich's geahnt. Du etwa nicht?«, fuhr Dennis mit einer gewissen Befriedigung fort.
Überraschenderweise nickte Lisa und griff hastig nach einem Tauende. »Die gebogenen Wände, die Schlafkojen, die aufgerollten Seile. All das Holz! Nur, wo sind die Leute? Die Matrosen, der Kapitän und wer sonst noch auf ein Schiff gehört.«
»Ein Navigator!«, ergänzte Dennis mit Nachdruck. »Ein Mann, der mit Seekarten und dem ganzen Navigationskram umgehen kann. Ich glaub nicht, dass das Schiff mit GPS segelt. Und schaut euch mal die schwarzen Wolken überm Horizont an! Die gefallen mir überhaupt nicht.«
Die Wolken sahen selbst aus der Entfernung nach einer ausgewachsenen Sturmfront aus.
Nach Katastrophe.

Das Schiff fuhr unter vollen Segeln genau darauf zu, aber es war niemand zu sehen, der steuerte. Überhaupt kein Mensch, soweit es sich überblicken ließ. Nach Kims Einschätzung waren sie aus einer Luke im vorderen Teil des Schiffes herausgekrochen. Vor ihnen ragte ein Oberdeck auf, zu dem eine Treppe hinaufführte, und wahrscheinlich gab es hinten weitere Decksaufbauten. Nur bis dorthin konnten sie nicht sehen, denn zwei Boote, ineinandergestellt und mitten auf dem Schiff platziert, versperrten ihnen die Sicht. Eimer standen herum, Bürsten lagen daneben, ein Tau war nur halb aufgerollt, aus einem Werkzeugkasten hatte jemand Werkzeug herausgekramt und liegen gelassen. Es sah aus, als wäre die Mannschaft von einer Minute auf die andere verschwunden.

»Wir befinden uns auf einem Geisterschiff«, sagte Lisa und machte sich nicht die Mühe, ihr tiefes Entsetzen zu verbergen. »Bevor die vierundzwanzig Stunden herum sind, werden wir im Sturm untergehen. Oder kann einer von euch so ein Schiff steuern?«

»Wahrscheinlich sind alle an Bord von einer tödlichen Seuche erledigt worden«, mutmaßte Dennis.

»Dann wären wir auf Tote in den Kojen gestoßen«, murmelte Kim gedankenvoll.

Immer noch aufs Höchste verwundert, schaute Dennis sich um. Er wies mit einer ausholenden Geste auf die rote

Brüstung, die blau gestrichene, geschwungene Treppe zum Oberdeck, das hellgelbe Geländer, das viele blinkende Messing. »Das Schiff gefällt mir. Alles Holz bis auf die Decksplanken sieht aus wie frisch lackiert. Muss viel Zeit kosten, das Ganze so gut in Schuss zu halten.«

»Sei still«, fuhr ihn Kim an. »Hört ihr das auch?«

Ein tiefes Gemurmel drang auf einmal zu ihnen herüber.

»Menschen!«, riefen Dennis und Lisa erleichtert.

»Freut euch nicht zu früh«, warnte Kim, obwohl er am liebsten sofort auf die Stimmen zugerannt wäre. Jetzt konnte er vor sich selbst zugeben, wie ungeheuer auch ihn die Abwesenheit von Menschen auf diesem Schiff verstört hatte.

Das Gemurmel endete mit einem lauten »Amen!«

»›Amen‹ klingt nicht schlecht«, meinte Dennis hoffnungsvoll, »ich bin dafür, wir pirschen uns an die Leute heran. Oder beten auch Piraten?«

»Wie kommst du auf Piraten?«, fiel Lisa ein.

»Nur so.«

»Vielleicht beten einige, bevor sie dir die Kehle aufschlitzen«, sagte Kim bedächtig, um Dennis zu äußerster Vorsicht zu bewegen.

Gefangen!

Hinter ihnen schrie etwas und dann sauste eine kleine graue Gestalt an ihnen vorbei und huschte hinter den Booten davon. Alle drei waren zusammengezuckt. Und noch während sie versuchten ihren Schreck zu überwinden, hörten sie hinter sich ein irres Kreischen, das abrupt abbrach. Dafür erklang jenes hohe geheimnisvolle Pfeifen, das Kim bereits im Schiffsbauch aufgefallen war.
»Puh!«, sagte Lisa und wischte sich die Stirn. Dabei streiften ihre Finger das Tuch um ihren Kopf, das ihre Lockenpracht verbarg. Sie begann daran herumzuzupfen.
»Lass es!«, zischte Kim. »Lass es so, wie es ist.«
»Ja, jetzt kommt endlich«, fiel Dennis ein und betrachtete seine Schwester. Der Wind riss an ihrem Hemd und beutelte ihre Schlabberhose. »Du siehst genau wie wir aus«, fuhr er überrascht fort.
Lisa fasste an ihre Hosenbeine, als wollte sie verhindern, dass sie ihr davonflogen.
»Was soll das heißen?«

»Du siehst wie ein Junge aus – trotz des Tuchs um den Kopf. Aber Kim trägt ja auch eins. Nur ich hab keins.« Mit beiden Händen versuchte er seine vom Wind zerzausten Haare zu bändigen. »Echt schade.«
Kim steuerte auf die Boote zu und drehte sich jetzt um. Lisa war einen halben Kopf größer als er, was ihn insgeheim ärgerte, denn schließlich waren sie ja gleich alt. Die Kleidung hatte tatsächlich einen Jungen aus ihr gemacht, zumindest würde jeder Fremde in ihr einen sehen. Das musste eine Bedeutung haben, die Kim nur noch nicht verstand und die er später herausfinden wollte. Jetzt wurde es Zeit, dem Gemurmel auf den Grund zu gehen, das wieder zu ihnen herübertönte.
Männerstimmen! So viel war eindeutig auszumachen, während sie einen der hoch aufragenden Masten umrundeten. Drei waren es insgesamt. Der dritte stand weiter hinten und zwischen ihm und dem mittleren erhob sich ein flacher, kleiner Aufbau, hinter den man sich ducken konnte. Vor den Bordwänden standen Kanonen aufgereiht. Zwei davon waren beiseitegeräumt, um den Leuten Platz zu machen, die dort mit gesenkten Köpfen zusammenstanden. Die Männer schwankten im gleichen Rhythmus, in dem sich das Schiff auf und ab bewegte.
»Was machen die da? Halten die eine Andacht?«, wisperte Lisa. Sie hatte sich neben Kim gedrängt.

»Das sollen Seeleute sein?«, fragte ihr Bruder skeptisch. Seine Zweifel schienen nur zu angebracht. Fast alle Männer sahen zerlumpt und dreckig aus. Sehr dreckig. Ihre Gesichter waren von Bärten zugewuchert. Schnauzbärte, Backenbärte, Rauschebärte, aus denen die Nasen wie kleine rote Rüben herausragten. Bei den meisten lagen die Augen tief in den Höhlen und die Haare flatterten ihnen struppig in die Stirn, sofern sie nicht wie Lisa und Kim Tücher trugen.

Elendsgestalten, bei deren Anblick in Kim leise Warnsignale schrillten.

Eine kleine Gruppe hob sich von den übrigen deutlich ab, schon wegen der gepflegteren Kleidung. Stiefel, Kniehosen, Westen, Überröcke aus blauem oder braunem festem Stoff, dreispitzige Hüte.

Einer dieser besser gekleideten Männer sprach: »Und so übergeben wir die sterblichen Reste von Jim Simmons dem Meer und flehen Gott, den Allmächtigen, an, seiner Seele gnädig zu sein und sie in sein ewiges Reich aufzunehmen.«

»Amen!«, krächzten alle im Chor.

»Ich möchte doch bitten«, fuhr der Mann mit erhobener Stimme fort, »dass alle mit ihrem Herzen dabei sind, wenn wir zum Angedenken an den armen Jim das Lied ›Ein' feste Burg ist unser Gott‹ singen ...«

Zwei Männer hielten eine Planke fest, die zur Hälfte über die Bordwand hinausragte und auf der ein längliches, nicht allzu großes, fest in Segeltuch eingeschlagenes Bündel lag.

»Was soll das?«, fragte Dennis beunruhigt.

Kim zog ihn ein Stückchen zurück hinter den flachen Aufbau, der ihnen als Deckung diente. Lisa sah über Kims Schulter.

»Kim, denkst du, was ich denke?«, fragte sie gedämpft.

»Hast du nicht gesagt, es riecht hier nach Tod? Du könntest recht haben«, murmelte er, den Blick wieder auf die Männer gerichtet, vor allem die zerlumpten.

Sie starren das Ding auf der Planke an, als würden sie es am liebsten auffressen, fuhr ihm durch den Kopf. Als würden sie denken, es sei zu schade, es ins Meer zu schmeißen.

Der Gesang der Männer klang wie das Krächzen ausgehungerter Raben und Krähen im Winter.

»Und jetzt?«, wisperte Dennis.

»Wart's ab.«

Der Sprecher nahm seinen Hut ab, presste ihn an die Brust und sagte: »Lasst Jim nun ins Meer.«

»Ay, ay, Käpten!«, riefen die Männer, die die Planke hielten. Mit einem Ruck kippten sie das Brett und ließen das zusammengeschnürte Bündel ins Wasser rutschen. Das Aufplatschen war kaum zu hören.

»Und jetzt zurück an die Arbeit, Männer«, sagte der mit Käpten angeredete scharf und setzte seinen Dreispitz wieder auf.
Kim warf noch einen neugierigen Blick auf den Mann. Halbverhungert sah der Kapitän des Schiffs nicht aus. Er schien älter als die meisten seiner Seeleute, mindestens fünfzig. In einem breiten Ledergürtel um seine rundlichen Hüften steckten ein Degen und eine Pistole, während die Matrosen nur lange Messer trugen.
»Was sollen wir jetzt tun?«, flüsterte Lisa. »Sollen wir den Kapitän ansprechen und um Hilfe für Willie bitten? Was meint ihr?« Sie klang ungewöhnlich unsicher. Die Szene, die sie gerade beobachtet hatten, und vielleicht auch die ganze Mannschaft des Schiffs mussten ihr schwer zu schaffen machen.
Hart packte Kim ihren Arm. »Erwähn – Willie – nicht! Verstehst du? Auf gar keinen Fall!«, erklärte er so eindringlich, wie er konnte. Wenn es um Willie ging, setzte Lisas Verstand allzu leicht aus. »Wir verschwinden erst einmal.«
»Dieses Ding auf dem Brett sah ziemlich klein aus, findet ihr nicht? Zu klein für einen ausgewachsenen Matrosen. Oder wer war Jim Simmons?«, fragte Dennis etwas lauter. »Der Decksjunge!«, erklärte eine raue Stimme hinter ihnen.

Sie fuhren herum. Der Mann vor ihnen gehörte zu den besser gekleideten. Er war größer und stattlicher als jeder andere aus der Bande zerlumpter Elendsgestalten.
»Und wen haben wir hier?«, fuhr der Mann relativ freundlich fort. Breitbeinig hatte er sich vor ihnen aufgebaut, hielt einen Knüppel in der einen Hand und schlug ihn beständig in die andere. Der Knüppel war recht kurz und kräftig, kunstvoll mit Lederschnüren umflochten und mit verdickten, knubbelartigen Enden versehen.
Kim behielt ihn im Auge, während er den Mann abschätzte. Muskulös, durchtrainiert, das verriet ihm die Art, wie er mühelos das Gleichgewicht hielt. Ein bisschen erinnerte er an Latte. Vorsicht, mahnte Kim sich. Besser Abstand halten.
Dennis, der Trottel, schob sich vor und fragte mit Unschuldsblick: »Und wer sind Sie?«
Der Mann lächelte ein Haifischlächeln. Mitten in seinem Bartgestrüpp erschienen lange gelbe Zähne.
»Du willst wissen, wer ich bin?«
»Ja, bitte«, antwortete Lisa an Dennis' Stelle.
»Ja, bitte, *Sir*, heißt das!«
Der Knüppel schoss vor. Die Bewegung erfolgte so rasch, dass Kim sie nur aus den Augenwinkeln erfasste. Ein gemeiner Schlag, der aus voller Kraft halb von unten in einer leichten Drehung gegen Lisas Rippen gerichtet war.

Lisa blieb schreckensstarr stehen und hob zur Abwehr nicht einmal eine Hand. In der halben Sekunde, bevor ihre Rippen brechen mussten, kickte Kim den Knüppel nach oben. Der Mann war viel zu überrascht, um die Ursache der Ablenkung voll mitzubekommen. Er taumelte rückwärts, um seinem eigenen Knüppel auszuweichen.
Im gleichen Augenblick brach hinter ihnen ein Tumult aus. Da krakeelten ein paar Matrosen aus vollem Hals, es hörte sich nach einem hitzigen Streit an. Kim dachte unwillkürlich an die langen Messer der Leute und an diesen Jim Simmons, der jetzt auf dem Grund des Meeres ruhte. Anscheinend sollte er nicht der Einzige da unten bleiben.
»Weg hier!«, schrie er, als er bemerkte, dass sich auch der Mann vor ihnen vom Lärm ablenken ließ.
Lisa hatte sich wieder gefasst und rannte mit Dennis hinter Kim her. Sie mussten unbedingt die Einstiegsluke finden, um sich im Schiffsbauch zu verstecken. Am besten liefen sie gleich zu Willie und saßen die Stunden bis zur Rückkehr bei ihm in der Kiste ab. Es war sowieso dumm gewesen, an Deck zu krabbeln. Kim verfluchte seine Neugier, die ihn irregeleitet hatte. Vor der Neugier hatte bereits der große chinesische Gelehrte Konfuzius vor zweieinhalbtausend Jahren eindringlich gewarnt. Ebenso vor Wagemut und Tapferkeit, beide führten einen nur in gefährliche Situationen wie diese.

Wo war bloß die Luke, aus der sie herausgekommen waren?
Kim preschte an den Booten entlang, bis Lisa hinter ihm aufschrie. Als er sich zu ihr umdrehte, sah er, dass sie auf dem glitschigen Deck ausgeglitten war. Rasch rannte er zurück, fasste sie mit Dennis unter den Achseln und zog sie hoch. Die Luke schien verschwunden, dafür stellte sich ihnen ein Mann mit einem Eimer in den Weg. An der anderen Seite der Boote tauchte noch jemand auf, holte aus und warf etwas. Zischend fuhr ein Messer an Kims Nase vorbei und bohrte sich ein Stück weiter in die Bordwand. Sie kehrten um. Wieder rannten sie an den Booten vorbei und schlugen einen Haken um den Mast herum. Überall auf dem Deck stand etwas herum und vor allem hingen irrsinnig viele Taue oder Leinen von Segeln und Masten herab. Hindernisse ohne Ende.
Noch einmal mussten sie jemandem ausweichen, der sie einzufangen versuchte. Andere Männer glotzten sie nur verständnislos an, ohne ihnen in den Weg zu treten.
Schließlich ragte das doppelstöckige hintere Deck vor ihnen auf. Kim stürmte auf eine Treppe an der Seite zu. Während er sie hinaufrannte, bebten die Stufen unter ihm. Eine Tür vor ihm stand geradezu einladend offen. Kaum war er zusammen mit Lisa und Dennis hindurchgeflitzt, schlug sie jemand hinter ihnen zu.

»Na also«, sagte eine raue Stimme, die Kim schmerzlich bekannt vorkam. »Und jetzt immer geradeaus, ihr werdet bereits erwartet.« Reiner Hohn triefte aus der Stimme. Bevor die drei sich umschauen konnten, um zu sehen, wohin sie geraten waren, trieb sie der Mann mit dem Knüppel vor sich her einen Gang entlang in einen großen Raum und blieb an der Tür stehen.

Die Schiffsjungen

Die Kajüte nahm anscheinend eine Hälfte des Schiffshecks ein. Die hintere und eine Seitenwand waren von Fenstern durchbrochen und leicht nach außen geneigt. Eine Tür führte in einen Nebenraum und eine andere nach hinten auf eine Art Balkon oder Galerie hinaus. Im Großen und Ganzen wirkte der Raum großzügig und aufgeräumt und er roch nach würzigem Tabak. Auf dem Boden lag ein bunter Teppich und eine Wand schmückten kleine Gemälde. Kim erblickte Segelschiffe und eine ernste Dame in einem dunklen Kleid. Von der Decke hing ein Leuchter in Gestalt eines fischschwänzigen Männleins mit einem Hirschgeweih auf dem Kopf. Es hatte die Arme weit ausgebreitet, als ob es fliegen würde. Auf jedem Geweihende, den Händen und dem Fischschwanz saßen Kerzen in kleinen Gläsern.

Das größte und wichtigste Möbel musste der Tisch in der Mitte sein. Hinter ihm saß der Kapitän mit einer gebogenen Pfeife im Mundwinkel und hob den Kopf von einer

Karte, die er offenkundig gerade studiert hatte. Neben ihm lagen ein offenes Buch, ein Lineal, ein Stift, verschiedene Zirkel und ein Messinggehäuse, in dem Kim einen Kompass vermutete.

»Da sind die drei also«, sagte der Kapitän mit schleppender Stimme, nachdem er die Pfeife aus dem Mund genommen hatte. Eindringlich schaute er Kim, Lisa und Dennis an und versank in Schweigen. Das Schweigen zerrte an Kims Nerven. Er wagte es kaum, sich weiter umzublicken, und hatte gleichzeitig das Gefühl, den Mann hinter ihnen keinen Moment vergessen zu dürfen. Den Mann mit dem Knüppel. Den Schläger.

Der Kapitän hatte seinen Hut abgelegt und so waren seine schütteren, vom Hutrand zusammengedrückten Haare zu sehen, die er im Nacken zu einem Schwänzchen gebunden hatte. Wie die anderen Männer trug er Bart: eine kurze Bürste unter seiner roten Knollennase und einen gestutzten grau melierten Kinnbart. Kim überlegte, ob irgendwas im Gesicht des Kapitäns auf seine Stimmung schließen ließ. Eher nicht. Jetzt drehte sich der Kapitän um und schaute durch die Heckfenster.

»Mr Seward, hätten Sie gedacht, dass wir achtzig Tage auf See verbringen könnten, ohne die Anwesenheit dieser Bürschchen zu bemerken? Niemand von uns?«, sagte er und wandte sich wieder um.

Mr Seward, der Mann an der Tür, zuckte unbehaglich die Schultern.

»Nun, Kapitän Digges, ich habe es jedenfalls bis gerade nicht gewusst, auf meine Ehre, Sir.«

»Achtzig Tage«, wiederholte Kapitän Digges und stocherte mit einem Hölzchen in seiner Pfeife.

»Ich glaub's nicht«, flüsterte Lisa kaum hörbar. Kim merkte, wie flach und heftig ihr Atem ging. Das Schiff war also seit achtzig Tagen auf See. Nur, wo befand es sich? Und wohin segelte es?

»Oh, Verzeihung!« Hinter ihnen hatte jemand Mr Seward die Tür ins Kreuz gedrückt und drängte herein. Und kaum war der eine Mann eingetreten, folgte ihm ein zweiter.

Kim hatte beide an Deck gesehen, bevor der tote Decksjunge Jim Simmons das Schiff über die Planke verlassen hatte. Der eine war lang und hager und bis auf einen schmalen weißen Kragen vollständig schwarz gekleidet. Der andere trug einen abgewetzten braunen Überrock mit Flecken vorn auf der Brust und abgetragene Stiefel. Er hielt sich leicht gebeugt, als würde er sich selten gerade aufrichten, und schaute sie aus zusammengekniffenen Augen leicht verwirrt an. Beide Männer waren vollkommen weißhaarig, wirkten den faltenlosen Gesichtern nach aber eigentlich zu jung dazu.

»Ja, Mr Maskelyne?«, wandte sich der Kapitän zuerst an den schwarz Gekleideten. »Und Sie, Mr Harrison? Was kann ich für Sie beide tun?«, fuhr er jetzt sehr viel bestimmter fort.

Allmählich wurde es voll in der Kapitänskajüte. Vor allem mit Mr Maskelyne, der mit jedem Schritt klarmachte, für wie wichtig er sich selbst hielt. Ohne auf die Frage einzugehen, trat er näher und legte Lisa gewichtig die Hand auf die Schulter.

»Ich nehme den hier, er ist zweifellos der Kräftigste. Und verständig sieht er auch aus. Du bist doch nicht krank, Junge? Wo haben Sie die drei bisher versteckt gehalten, Kapitän Digges?«

Der Kapitän blieb erstaunlich ruhig und gelassen.

»Mr Maskelyne, ich habe Sie gefragt, was ich für Sie tun kann«, wiederholte er.

»Das habe ich doch gerade erklärt. Mir diesen Jungen als Bedienung überlassen. Mein Diener liegt seit heute früh in seiner Koje und kann nicht mehr aufstehen. Er ist zu gar nichts mehr nutze.«

»Ihr Pech, Mr Maskelyne. Sie müssen sich schon ohne Diener behelfen.«

Mr Maskelyne wollte aufbegehren, aber der Kapitän kam ihm zuvor. »Sie haben diese drei an Bord noch nie gesehen? Nun, wir auch nicht. Ich war gerade mit meinem

Steuermann dabei, zu klären, woher diese Burschen auf einmal kommen.«

Mr Harrison riss erstaunt die Augen auf, Mr Maskelyne schnaubte verächtlich.

»Kapitän Digges, ich bin nicht zu Scherzen aufgelegt.«

»Ich ebenso wenig!«, dröhnte Digges auf einmal. Er legte die Pfeife ab, erhob sich und stemmte die Hände auf den Tisch, während er den Kopf vorstreckte und Kim, Lisa und Dennis grimmig fixierte. »Wie seid ihr auf das Schiff gekommen? Und wann? War's schon in Southampton oder erst auf Madeira? Antwortet!«

Hilfe suchend schaute Lisa Kim an. Was sollten sie darauf antworten? Dass sie erst seit höchstens zwei Stunden auf diesem Schiff waren?

»Ähm«, stieß Dennis hervor, »es war alles meine Schuld. Ich wollte unbedingt dieses Schiff sehen. Es ist ein besonders schönes Schiff. Ich hab so lange gequengelt, bis die beiden mitgekommen sind. Und dann sind wir leider eingeschlafen. Als wir aufwachten, waren wir schon auf hoher See.«

Mit undurchdringlicher Miene hatte Kapitän Digges zugehört. »Und wer seid ihr drei?«

»Li…«, begann Lisa, stockte und fuhr fort: »…onel.« Den Nachnamen nuschelte sie derart, dass er kaum zu verstehen war. Es klang wie Hager oder Haper.

»Harker? Lionel Harker? Ist das korrekt?«, fragte Kapitän Digges.

Lisa nickte vorsichtig.

Dennis räusperte sich. »Ich bin Dennis Harker, Lionels Bruder.«

»Seid ihr mit dem alten Harker verwandt? Dem Eigner der ›Star of the Sea‹?«

Lisa und Dennis nickten äußerst vorsichtig.

»Der alte Harker hat keine Kinder«, ließ sich Mr Seward von der Tür, vor der er immer noch Posten hielt, vernehmen.

»Das weiß ich auch«, sagte Kapitän Digges knapp.

»Die beiden haben nicht gemeint, dass sie seine Söhne sind, sondern dass sie mit ihm verwandt sind«, erklärte Kim. Sofort wandte sich Digges ihm zu.

»Ach ja, da ist ja noch einer. Dich hat der alte Harker wohl aus Indien mitgebracht.«

»Mein Name ist Li Kim und ich komme nicht aus Indien, sondern aus China«, sagte Kim fest und hob das Kinn, um den Kapitän herausfordernd anzustarren.

Der schlug mit der Hand auf den Tisch, sodass die Zirkel, der Stift und noch ein paar Dinge tanzten. »Himmel, Herrgott, Sakrament noch mal, das überzeugt mich. China, nicht Indien! Der alte Harker war in China, das weiß ich genau. Dann müssen die beiden anderen zu einem seiner Neffen gehören, den Söhnen seines jüngeren Bruders. Also sind sie seine Großneffen, er hat welche, das weiß ich.«

Kapitän Digges trat einen Schritt zurück und verlagerte mehrmals sein Gewicht von einem Fuß auf den anderen, als wollte er die Festigkeit des Bodens prüfen. Dann drehte er sich wieder um und schaute hinaus aufs Meer. Und da bemerkte Kim, dass noch jemand die Kajüte betreten hatte.

Mit einem Anstupsen machte er Lisa und Dennis auf einen ungefähr sechzehn Jahre alten Jungen aufmerksam. Er musste aus dem Raum gekommen sein, der die andere Hälfte des Hecks einnahm. Die Tür stand so weit offen, dass sie die Sicht auf eine breite Koje freigab. Das war also das Schlafzimmer des Kapitäns. Aber wer war der Junge? Er tat ganz so, als gehörte er hierher. Lässig lehnte er an einer hohen Truhe und betrachtete die anderen. Nicht mal Neugier zeigte sich in seinem Gesicht. Blondes, hübsch gelocktes Haar fiel ihm in die Stirn. Ohne dass Kim auch nur den Kopf wenden musste, merkte er, wie Lisa von ihm abrückte, um den Jungen besser betrachten zu können.

»James?«, wandte Kapitän Digges sich an den Jungen. »Reich mir das Fernrohr hinter dir.« Er nahm es entgegen, trat auf die Galerie hinaus und blieb dort stehen, das

Fernrohr vorm Auge. Dann kehrte er in die Kajüte zurück, trat an eins der Seitenfenster und schob das Fernrohr schließlich zusammen.

»Mr Harrison, Sie haben mir noch nicht mitgeteilt, warum Sie mich aufgesucht haben«, sagte er zu dem Mann, der bisher stumm geblieben war.

Ein bisschen linkisch deutete Mr Harrison eine Verbeugung an.

»Verzeihen Sie die Störung, Kapitän Digges, ich sehe ja, wie beschäftigt Sie sind. Ich komme gleich wieder. Sie haben doch Ihren Schlüssel parat?« Ein ängstlicher Ton hatte sich in Mr Harrisons Stimme eingeschlichen.

»Selbstverständlich«, antwortete der Kapitän, klopfte auf seine Brusttasche und schielte auf den Schreibtisch. Er begann darauf herumzuwühlen, langte nach einer Dose, klappte sie auf und wieder zu. Aber nicht schnell genug, dass Kim nicht einen kleinen Schlüssel darin entdeckte.

»Ich stehe Ihnen gleich zur Verfügung«, fuhr Kapitän Digges aufatmend fort. »Aber erst einmal muss ich etwas anderes regeln. Mr Seward?«

»Ja, Sir?«

»Nehmen Sie die drei Ausreißer mit und weisen Sie sie ein. Sie werden von nun an für ihr Essen arbeiten.«

»Dafür werde ich sorgen, Kapitän Digges«, antwortete Mr Seward mit einem kalten, unangenehmen Grinsen.

»Immerhin haben sie sich achtzig Tage lang auf unsere Kosten durchgefressen.«

»Darf ich noch einmal darum bitten, dass Sie mir wenigstens einen der Burschen überlassen? Ich habe Ihnen doch erklärt, in was für einer Verlegenheit ich mit meinem Diener bin«, sagte Mr Maskelyne aufgebracht.

Die ganze Zeit schon hatte Kim den Eindruck, dass der Kapitän sich nur mit halber Aufmerksamkeit dem Gespräch widmete. Der Mann war sichtlich angespannt, er nahm etwas außerhalb dieses Raums wahr und war eigentlich darauf konzentriert.

»Mr Maskelyne, sechs aus meiner Besatzung liegen mit Typhus, Skorbut oder Ruhr in den Kojen und von den Übrigen halten sich einige nur noch mühsam auf den Beinen. Und der Decksjunge ist tot. Sie glauben gar nicht, wie froh ich bin diese drei Burschen hier zu haben, egal, woher sie kommen. Das werde ich morgen genauer ergründen. Jetzt brauche ich jede Hand, um das Schiff durch den Sturm zu steuern, der vor uns heraufzieht. Und wenn wir nicht bald Jamaika anlaufen, kann uns überhaupt keiner mehr helfen. Wir sind am Ende.«

»Bitte, Sir«, sagte Lisa, »können Sie uns sagen, welcher Tag heute ist?«

Verblüfft schaute der Kapitän sie an, dann sagte er sehr langsam: »Wir haben den 18. Januar im Jahr des Herrn

1762. Bete, dass es nicht dein und unser aller letzter Tag ist. Und jetzt Abmarsch.«

Als Kim an Mr Seward vorbei die Kajüte verlassen wollte, griff ihm dieser blitzschnell in die Hosentasche und hielt triumphierend etwas hoch.

»Die gehört doch bestimmt nicht dir. Ich frag mich gerade, wie ein schlitzäugiger kleiner Bursche an eine silberne Taschenuhr kommt.«

Es musste Kims Armbanduhr sein, die sich auf der Reise in das Jahr 1762 in eine Taschenuhr verwandelt hatte. Schlagartig wurde er sich eines dringenden Problems bewusst: Wie spät war es gewesen, als die Zeiger der Reiseuhr ihre unheimlichen Runden zu drehen begonnen hatten? Großtante Bettys Standuhr, die überall im Haus zu hören war, hatte gerade geschlagen, als sie die Treppe zum Dachboden hinaufgerannt waren. Aber welche Zeit? Vier Uhr, halb fünf, fünf? Er strengte sein Gedächtnis an, um sich die Schläge der Uhr so zu vergegenwärtigen, dass er sie zählen konnte. Wie Fäulnis legte sich Verwirrung auf seinen Geist. Pausenlos hörte er jetzt in seinem Inneren die Standuhr schlagen. Stundenschläge, Halbstundenschläge. Bloß wie viele? Und wie spät war es jetzt auf seiner Uhr, der Taschenuhr, die der aufgeblasene Steuermann Mr Seward triumphierend hochhielt?

»Bitte!«, stöhnte Mr Harrison. »Geben Sie mir die Uhr.«
»Ihre, Sir?«, fragte der Steuermann und reichte sie mit größter Befriedigung weiter.
»Eine Jefferys! Das ist ohne Zweifel eine Jefferys!«, keuchte Mr Harrison.
»Dann ist es Ihre?«, fragte jetzt auch der Kapitän und fuhr mit Bedauern fort: »Es wäre zu schade, wenn ich den Burschen als Dieb einsperren müsste, ich habe eigentlich eine bessere Verwendung für ihn.«
Mr Seward sah Kim an und hatte wieder begonnen mit dem Knüppel in seine Hand zu schlagen.
»Nein, das ist nicht meine Jefferys«, sagte Mr Harrison aufgeregt.
»Es muss Ihre sein«, wandte Mr Seward stur ein.
»Ich brauche keine Sekunde, um eine Jefferys zu erkennen, und noch weniger, um zu sehen, dass es nicht eine von meinen beiden ist. Ich bin schließlich Uhrmacher«, gab Mr Harrison scharf zurück.
»Es ist meine«, meldete sich Lisa, »vielmehr die meines Vaters. Ich habe sie Kim zur Aufbewahrung gegeben. Könnten wir die Uhr jetzt bitte wiederhaben?«
Eine ungemütliche Pause trat ein. Misstrauen schwirrte nur so im Raum herum.
»Ist so eine Jefferys etwas Besonderes?«, fragte der Kapitän schließlich.

»Aber ja!«, ereiferte sich Mr Harrison. »Mein Kollege, Mr Jefferys, ist Experte für Taschenuhren. Mein Vater hat ihn gebeten eine nach seinen Angaben zu bauen. Es gibt nicht viele, die derart zuverlässig und genau gehen, und bisher habe ich angenommen, dass nur zwei Exemplare dieses Typs existieren. Diese wäre dann die dritte.«

»Nun«, sagte der Kapitän langsam, »wenn Sie keinen Anspruch auf die Uhr erheben, Mr Harrison, dann nehme *ich* sie am besten an mich. Eine gute Uhr ist auf einem Schiff immer willkommen, das wissen Sie alle.«

Lisa wollte wieder aufbegehren.

Kim warf einen Seitenblick auf den wirbelnden Knüppel und trat ihr in die Fersen. »Sei bloß still«, zischte er und zog sie zur Tür.

»Mr Seward, lassen Sie die Segel auf die Hälfte reffen. Alle bis auf die Klüver und das Besansegel«, sagte der Kapitän.

Der Steuermann wiederholte den Befehl und salutierte.

Mr Maskelyne war an eins der Seitenfenster herangetreten und blickte sorgenvoll hinaus. »Sie wollen die Segel nur um die Hälfte reffen? Bei dem Sturm, der da heranzieht?« Beschwörend deutete er aufs Meer.

Die Wolkenmassen waren zum Greifen nah gerückt. Jeden Moment mussten sie das Schiff eingekreist haben. Ein stetes Brausen und Jaulen erfüllte die Luft, es klang wie eine ganze Meute heißwütiger Drachen. Das Schiffsheck sackte tief in ein Wellental ein, während sich ringsherum eine gigantische Wasserwand aufbaute. Es war kaum etwas anderes vorstellbar, als dass das ganze Schiff vom Ozean verschluckt wurde. Nur mit Mühe gelang es Kim, sich von diesem furchteinflößenden Anblick loszureißen.

Er stieß Dennis an. »Wie spät war's bei unserer Abreise? Hast du Tante Bettys Uhr gehört?«

Dennis schüttelte nur benommen den Kopf. Er starrte wie die anderen die gläsern wirkende Wasserwand an, an der das Schiff langsam wieder emporstieg, bis der tintenschwarze Himmel mit den hoch aufgetürmten Wolken in Sicht kam. »Ich wünschte, wir wären nicht hier«, flüsterte Dennis verstört.

»Wir werden dem Sturm nicht entkommen, aber versuchen uns von ihm nicht zurücktreiben zu lassen. Wir müssen Jamaika in den nächsten Tagen erreichen oder die Mannschaft krepiert mir. Was haben Sie für eine gegenwärtige Länge errechnet, Mr Harrison?« Bevor dieser antworten konnte, sprach der Kapitän noch einmal den Steuermann an. »Und noch etwas Mr Seward, bevor Sie gehen und die Jungen mitnehmen: Irgendwo hat sich im Schiffsrumpf etwas verschoben. Das merke ich schon die ganze Zeit. Das Schiff liegt nicht mehr richtig in den

Wellen. Die Deptford hat einen Zug zu einer Seite. Lassen Sie nachsehen, bevor uns der Sturm überrollt.«

Mr Seward stieß Lisa mit seinem Stock vorwärts. Kurz vor der Tür blieb sie trotzdem stehen und drehte sich zum Kapitän um. »Könnte ich bitte etwas Wasser haben, *Sir?*«

»Raus«, brüllte der Steuermann. Wahrscheinlich hätte er Lisa geschlagen, wenn nicht die anderen Herren zugeschaut hätten.

»Mr Seward«, sagte der Kapitän mit erhobener Stimme, »geben Sie jedem der Jungen einen Schluck. Dafür später nichts mehr.«

Zwölf Meter über dem Meer

Wasser?« Der Mann spie das Wort geradezu aus. »Sie kriegen Wasser?«

Steuermann Seward nickte ungeduldig. »Hat der Käpten persönlich angeordnet. Jeder einen Schluck. Einen, nicht mehr, Maat Higgins.«

Maat Higgins hing ein gewaltiger Walrossschnurbart über die Oberlippe, dessen Enden vor lauter Ungläubigkeit zitterten.

Kim erinnerte sich undeutlich mal gehört zu haben, dass ein Maat auf einem Schiff etwas zu sagen hatte, aber nicht so viel wie der Steuermann. Seward war hier der Boss, gleich nach Kapitän Digges. Er hatte Higgins erklärt, wer Kim, Lisa und Dennis seien: drei Ausreißer, die sich achtzig Tage lang im Bauch des Schiffes auf Kosten der gesamten Besatzung durchgefressen hatten.

Unverkennbar funkelte nach dieser Erläuterung Wut in Higgins Augen auf.

»Zum Donnerwetter! Alle neunschwänzigen Teufel noch mal ...« Higgins ließ einen mordsmäßigen Fluch auf die drei herabprasseln, der Kim widerwillig Respekt abnötigte. Higgins fluchte fast so gekonnt wie ein Chinese.

»Was ist bloß mit dem Käpten los? Keine Prügel, keine eiserne Zwinge um den Hals? Stattdessen Wasser! Muss an dieser verdammten Höllenfahrt liegen«, fuhr Higgins fort.

»Was ist mit dieser Fahrt? Ist was Besonderes dran? Worum geht's denn?«, fragte Dennis tollkühn.

»Möchteste wissen, was, kleiner Mistkäfer? Wasser! Der Käpten weiß doch genau, wie knapp ...« Higgins brabbelte vor sich hin, während er umständlich das Schapp aufschloss, in dem das Wasserfass verwahrt wurde. Es stand ein Stockwerk unter der Kapitänskajüte in der Kombüse oder Küche des Schiffs, einem stickigen Verschlag, in dem es intensiv nach Verwesung roch.

Lisa warf Kim einen Blick zu, der wohl ausdrücken sollte: Hättest du gedacht, dass sie das Wasser wegschließen?

»Sie haben was über die Fahrt sagen wollen«, meldete sich Dennis hartnäckig.

»Ist wegen der Länge«, murmelte Higgins und zog das Fass heraus, »alles wegen der verfluchten Länge, die Gott allein kennt.«

»Wegen der Länge der Fahrt?«, fragte Dennis und blickte Higgins verwundert an.

Higgins hob den Deckel vom Fass und griff nach einer Schöpfkelle. »Ich sag nichts mehr. Ist nicht meine Sache, die Länge, verdammt noch mal.«
»Kann ich das Wasser bitte in einem Becher haben?«, fragte Lisa höflich.
»Becher?« Higgins glotzte sie an, dann wurde er wieder wütend. »Einen Schluck für jeden von euch gottverdammter Satansbrut, hat der Käpten gesagt. Einen Schluck aus der Kelle und Schluss!«
Natürlich hatte Lisa das Wasser für Willie haben wollen, aber sie hatte bestimmt auch selbst Durst. Ratlos sah sie Kim an.
»Trink den Schluck, du kannst eh nichts machen«, redete er ihr ruhig zu.
Higgins musste tief in die Tonne langen. »Ist sowieso fast das letzte«, brummte er und zog die gefüllte Kelle herauf. In ihr schimmerte etwas Grünliches, Schleimiges, das unruhig schwappte und auch noch stank!
Higgins hielt Lisa die Kelle hin.
»Die anderen beiden sind nach dir dran. Das ist für euch drei zusammen. Danach gibt's für heute nichts mehr. Das hättet ihr euch vielleicht vorher überlegen sollen.« Higgins lachte scheppernd.
Lisa tupfte einen Finger in die grüne Brühe, während sich ihr Gesicht vor Ekel verzog. »Das bewegt sich.«

»Muss ja!« Higgins nickte bestätigend. »Nach achtzig Tagen auf See bewegt es sich immer. Kleine Tierchen, könntet sie sehen, wenn's heller wäre.« Er amüsierte sich offenbar. »Weiß aber nicht, warum's euch überrascht«, setzte er misstrauisch hinzu.

Dennis sog die Luft ein. »Stinkt nach Schwefel.«

»Klar stinkt's nach Schwefel. Die Fässer werden vor dem Füllen ausgeschwefelt«, erklärte Higgins verwundert.

»Das gibt dem Wasser die Würze: Jauche mit Schwefelaroma«, sagte Dennis angewidert. »Ich glaube, ich verzichte.«

Lisas Gesicht wurde grau vor Enttäuschung. »Frischeres Wasser haben Sie nicht? Es ist nur ...«

Bestimmt wollte sie etwas über Willie sagen. Kim trat rasch hinter sie. »Still!«, knurrte er.

»... nach Suppe steht mir im Augenblick nicht der Sinn«, beendete Lisa unbeirrt ihren Satz.

»Aha, drei Teufelsbraten, die mich verarschen wollen!« Higgins zeigte mit einem schmutzigen Finger auf seine breite Brust. »Mich verarscht keiner, lasst euch das gesagt sein.« Er wurde immer aufgeregter. »Ich sag dem Steuermann, dass ihr irgendwo einen Geheimvorrat an Wasser habt. Ja, genau, ist ja sonnenklar! Mr Seward soll euch die Haut vom Leib ziehen und sie in der Sonne dörren lassen. Wird euch recht geschehen.« Higgins hob die Kelle.

»Das ist jetzt für mich. Sonderration, ihr Ratten braucht's ja nicht. Kriegt auch nichts mehr. Nicht von mir.«

Er trank. Deutlich hörten sie ihn schlucken, während er langsam die Kelle leerte. Fasziniert schauten sie ihm zu. Kim stellte sich vor, wie all die glitschigen Würmer, Larven und was sonst in dem Wasser schwamm, Higgins Kehle hinunterrutschten und in seinem Magen durcheinanderwirbelten. Das übertraf alles, was Kim aus China kannte. Dort wurde ziemlich viel gegessen und getrunken, was Europäer nicht runterbekamen. Und am beliebtesten war Weiches, Glitschiges und Knatschiges. Aber diese Sumpfbrühe hätte in China auch jeder stehen lassen.

Lisa trat vom Wasserfass zurück und verdrehte angewidert die Augen. »Wenn ich nicht schon so viel gekotzt hätte, würde ich es jetzt ganz sicher tun. Ich glaube, ich würde lieber verdursten, als diesen Schleim runterzuwürgen.«

»Wenn wir schon achtzig Tage auf See hinter uns hätten, würdest du die Kelle auslecken«, sagte Dennis dumpf.

Higgins war fertig und wischte sich voller Behagen etwas Schleim aus dem Schnauzbart.

»Und jetzt«, sagte er drohend, »werde ich dafür sorgen, dass der Steuermann euch Beine macht. Krumme Hunde wie euch knetet er gern gerade.«

Nachdem er das Wasserfass wieder weggeschlossen hatte, brachte er sie zur Schiffsmitte. Seward wartete nicht direkt auf sie, denn er war sehr damit beschäftigt, Befehle zu brüllen, nahm sie sich aber danach sofort vor. Ehe Kim und Lisa richtig verstanden hatten, um was es ging, hatten sie Seilenden oder Taue in der Hand. Schot, sagte ein Matrose dazu.
Seward hatte zwei Männer, deren Plätze an der Bordwand sie nun einnahmen, mit dem Knüppel angetippt. Mit dem gleichen Knüppel deutete er jetzt auf Dennis.
»Rauf in die Wanten!«
»Wanten?«, stotterte Dennis.
Der Knüppel wies auf netzartig zusammengeknüpfte Seile, die sich von der Bordwand bis hinauf zu einer Stelle am Mast zogen, wo eine Art Korb befestigt war. Der Mastkorb.
»Bisschen schnell, ja? Bis rauf zu den Rahen, zum Segelreffen!«
Die Rahen waren anscheinend die Querhölzer, von denen die großen Segel herabhingen. Dort oben turnten bereits Männer herum, die Füße auf Seilen, die als weite Schlaufen unter den Rahen herliefen. Dort hinauf sollte Dennis? Das war reiner Wahnsinn.
Die zwei, die von Kim und Lisa abgelöst worden waren, hangelten sich inzwischen wie die Affen die Wanten hoch. Die Männer waren das gewöhnt. Aber Dennis?

Lisa war ganz darauf konzentriert, nach Anweisung ihres Nebenmannes eine Schot dichtzuholen, das hieß eine Leine heranzuziehen. Kim hielt seine, so fest er konnte. Er überlegte, ob er loslassen sollte, um Dennis beizuspringen. Das Tauende würde um sich schlagen und mit dem Segel davonfliegen. Aber irgendetwas musste er jetzt tun! Oder wenigstens sagen. Ehe ihm etwas Passendes eingefallen war, wandte sich einer der Männer neben ihm an Mr Seward.

»Steuermann, der Junge schafft's nicht rauf. Ist 'ne verdammte Landratte, sieht doch jeder. Der pisst sich jetzt schon in die Hose.«

Das klang gar nicht mal unvernünftig.

Aber Seward schlug dem Mann mit voller Wucht den Knüppel ins Kreuz, um klarzumachen, dass er keinen Widerspruch duldete.

Der Schlag hatte eine ungeahnte Wirkung auf Dennis. Er wartete nicht ab, bis Seward auch ihn prügelte, sondern hing sich in die Leinen. Schwerfällig zog er sich auf die Bordwand hoch und begann todesmutig die Wanten zu erklettern. Dafür, dass er vorher kaum die Hühnerleitern aus dem Schiffsbauch hochgekommen war, machte er das schon recht gut.

»Schau nicht nach unten, Dennis, schau auf keinen Fall nach unten!«, brüllte Kim ihm nach.

Als Dennis etwa vier Meter über dem Deck hing, traute er sich nicht mehr weiter.
»Beweg dich, Fettwanst!«, brüllte Seward.
»Komm rauf, Dickerchen, hier oben ist die Luft besser!«, schrie einer der Matrosen von oben.
Die unten begannen zu johlen.
Dennis hob tapfer einen Fuß, angelte nach der nächsten Querleine, rutschte ab, fing sich und hielt sich krampfhaft fest. Hilflos schwankte er im langsam auffrischenden Wind hin und her.
»Dennis!«, schrie Lisa außer sich.
Die Männer begannen ein Spottlied auf ihn zu singen, selbst der, der für ihn eingetreten war, grölte mit.
Seward hatte einen Fuß auf die Bordwand gesetzt und schrie am lautesten von allen.
»Rauf mit dir, Fettsack, oder ich komm und mach dir Beine!«
Dennis würde abstürzen.
»Tu endlich was, Kim!«, flehte Lisa. »Oder nimm mir dieses Tau ab.«
Kim fühlte sich wie gelähmt. Der fürchterliche Wind zersiebte ihm das Hirn. Und da war ja noch die verdammte Leine, die Schot, die von einer Ecke des Segels bis in seine Hand lief. Etwas lockerte er den Griff und sofort bäumte sich das Segel auf wie ein durchgehendes Rennpferd.

»Leinen dichtholen!«, schrie jemand panisch von oben. Kim gehorchte.

»Kim!«, schrie Lisa noch mal.

Er *musste* das Seil loslassen.

Jetzt.

»Holen Sie den Jungen runter, Mr Seward! Um Himmelswillen, holen Sie den Jungen runter!« Mr Harrison war aufgetaucht.

Der Steuermann nahm den Fuß von der Bordwand. »Scheren Sie sich weg, Sir!«, brüllte er.

Unerschrocken packte Mr Harrison Sewards Arm. »Was fällt Ihnen ein? Holen Sie den Jungen runter!«

Seward schüttelte ihn ab. »Das ist nicht Ihre Angelegenheit, Sir! Der Junge tut, was ich ihm sage.« Er legte den Kopf in den Nacken. »Rauf mit dir, du Jammerlappen!«

Harrison packte ihn wieder, wild entschlossen. »Genügt Ihnen ein toter Junge nicht, Seward? Wollen Sie noch einen zweiten? Haben Sie nicht genau gewusst, dass Jim Simmons viel zu schwach war, um Segel zu setzen? Wird es Sie freuen, den Jungen da oben tot zu sehen? So tot und zerschmettert wie den armen Jim? Ist es das, was Ihnen Spaß macht? Wenn Sie den Jungen nicht runterholen, sind Sie ein niederträchtiger Wicht, ein purer Leuteschinder.«

Wahrscheinlich konnten höchsten zwei oder drei der Männer außer dem Steuermann Mr Harrison verstehen. Aber auf einmal drehte die Stimmung. Einer begann zu murren, dann murrten alle.
»Holt ihn runter, wir wollen nicht noch ein Seebegräbnis!«, schrie einer.
»Leuteschinder!«, krächzte ein anderer.
Seward fuhr herum und klatschte den Knüppel in seine Handfläche.
»Wer hat das gesagt?«, schnauzte er.
»Holt ihn runter!«, schrien jetzt auch die von oben.
Kim saß eine furchtbare Angst im Bauch, dass Dennis vor lauter Panik den Halt verlor und sich fallen ließ. Hatte er überhaupt mitbekommen, was sich hier unten für ihn tat? Alle waren nun auf seiner Seite und gegen Seward. Wahrscheinlich hassten ihn die Matrosen sogar.
»Das ist Meuterei!«, fauchte Seward. »Mr Harrison, Sie stiften die Männer zur Meuterei an.«
»Nein!«, schrie Harrison. »Zur Nächstenliebe, zum Mitleid! Das, wovon es hier zu wenig gibt.«
Plötzlich mischte sich noch jemand ein.
»Lassen Sie es gut sein, Mr Harrison, ich hole ihn runter. Mir macht es nichts aus und dann hört das Theater endlich auf. Es ist schon zu viel Zeit mit der Sache vertan worden. Gehen Sie beiseite.«

James, der Junge aus der Kapitänskajüte, war aufgetaucht. Verblüfft machten ihm beide Männer Platz. Mit einem eleganten Satz sprang er auf die Bordwand und stieg in die Wanten. Alle schauten zu, wie er Dennis erreichte, auf ihn einsprach und ihn schließlich bewog Hand über Hand und Fuß über Fuß hinabzusteigen. James blieb dicht genug neben ihm, um ihn zu fassen, falls er fehltrat. Am Ende stand Dennis mit hängenden Armen heftig atmend auf dem sicheren Deck.

»Das war's dann«, sagte James gelassen. »Machen Sie weiter, Steuermann.«

Lisas Augen flammten auf. »James, du hast meinem Bruder das Leben gerettet, ich bin dir so dankbar, so unendlich dankbar.«

Sie glühte förmlich vor Dankbarkeit und Kim hätte sich auf der Stelle in den Hintern treten können. Warum hatte *er* Dennis nicht gerettet? Warum bloß hatte er so lange gezögert? Er verstand sich selbst nicht.

»Nicht der Rede wert, Li-onel. Ist das richtig, Li-onel Harker?«

James war an Lisa herangetreten und schob ihr sanft eine rote Locke aus dem Gesicht, die sich aus dem Tuch befreit hatte.

»Ja, ich bin Lionel Harker«, antwortete Lisa atemlos und sprudelte noch einmal ihre Danksagung hervor, reine

Anbetung im Blick. Fehlte nur noch, dass sie sich ihm an den Hals warf.
Kims Herz zog sich schmerzhaft zusammen, als er die beiden beobachtete.
»Nicht der Rede wert«, sagte James artig und ging. Als er an Kim vorbeikam, sah dieser, wie James über irgendetwas lächelte.

Kapitän Digges' Kästchen

In den nächsten ein oder zwei Stunden scheuerte sich Kim an den Tauen, Seilen, Tampen, Schoten, oder wie das Zeug jeweils hieß, die Hände auf, bis sie bluteten. Lisa und Dennis erging es nicht besser. Seward scheuchte sie unermüdlich und ohne Gnade auf dem Schiff herum, wie nicht anders zu erwarten gewesen war. Der Steuermann hatte eine Niederlage wettzumachen und schwang unentwegt seinen Knüppel. Wer nicht schnell genug war, bekam ihn zu spüren.

Mr Harrison war verschwunden, nachdem Dennis heil an Deck zurückgekehrt war, und konnte ihnen nun nicht mehr beistehen. Lisa war auf Kim schlecht zu sprechen, das sagte ihm jeder Blick und jedes Wort, das sie widerwillig an ihn richtete.

Warum hatte er Dennis nicht geholfen?

Dennis selbst dachte gar nicht daran, einen Vorwurf zu äußern, er freute sich viel zu sehr noch am Leben zu sein. Deshalb murrte er auch nicht übermäßig über die Knochenarbeit und schenkte Kim mehr als einmal ein Lächeln, das diesem in der Seele brannte.

Für den verehrten chinesischen Gelehrten Laotse war Feigheit eine Tugend kluger Leute, die die Kastanien lieber von anderen aus dem Feuer holen ließen. Nicht einmal im Traum würde Kim die Weisheit Laotses bezweifeln. Aber sollten sie alle drei die vierundzwanzig Stunden auf dem Schiff nicht überleben, wollte er in Lisas Augen doch lieber als Held sterben.

Eine Weile verlor er die beiden anderen aus den Augen, bei Lisas Laune war das fast schon eine Erleichterung. Er war aber doch froh, als die zwei nacheinander wieder auftauchten.

Und irgendwann, als die Hände längst wie Feuer brannten, schob ihnen einer der Männer einen Eimer hin.

»Steckt die Hände rein«, knurrte er.

»Wasser!«, seufzte Lisa. »Lasst mich erst einen Schluck trinken …«

Zu spät!

Dennis hatte seine Hände schon im Eimer und schrie auf.

»Das brennt ja noch mehr!«

Der Mann nickte zufrieden. »Salzwasser, ist gut gegen Entzündungen. Ihr sollt zum Käpten kommen. Er will euch sehen.«

»Salzwasser!«, hauchte Lisa. »Kein Trinkwasser.«

»Bist du blöd?«, fragte der Matrose verwundert. »Ich bring doch kein Trinkwasser!«
Kim tauchte seine Hände ein und biss die Zähne zusammen. Lisa sah auf ihre zerschundenen Handflächen und hielt dann auch die Hände in den Eimer.
»Das Brennen lässt langsam nach oder ich gewöhn mich dran«, erklärte Dennis und grinste trotz Schmerzen. »Ich hab wenigstens tausend Schnitte in der Haut.« Er hob seine Hände hoch, von denen Blut, gemischt mit Wasser tropfte.
»Das reicht«, sagte der Matrose, »kommt jetzt.«
»Warum sollen wir zum Käpten?«, fragte Kim und wischte die nassen Hände an seiner Hose ab.
»Keine Ahnung, vielleicht will er wissen, wie's euch an Deck gefällt«, antwortete der Mann hämisch.
Auf dem Weg nach hinten konnte Kim keinen Schritt mehr machen, ohne sich festzuhalten. Das Schiff tobte durch eine schwarzbraune Suppe, zu der sich Himmel und Meer verbunden hatten.
Wie schaffte es Kapitän Digges, in diesem Chaos nicht die Orientierung zu verlieren? Hatte er sie überhaupt noch behalten? Oder segelten sie längst auf direktem Kurs in die Hölle?
Jamaika, fand Kim, konnte ebenso gut auf dem Mond liegen. Jamaika würde das Schiff nie erreichen. Die knat-

ternden Segel über ihnen sahen aus, als wollten sie jeden Moment reißen.

Der Matrose, der sie begleitete, federte gekonnt in den Knien, um das ewige Schwanken des Schiffs auszugleichen. Der Mann hatte Seebeine. »Hübsch schwere Brise, Himmelherrgott noch mal«, fluchte er gleichmütig.

Kims Knie fühlten sich wie reiner Pudding an, noch bevor sie den Gang vor der Kapitänskajüte erreicht hatten. Hier klang das Brausen des Sturms gedämpfter und die Kajüte sah richtig anheimelnd aus.

Kapitän Digges war mit seinen Seekarten beschäftigt, sah aber sogleich auf, als sie eintraten. Den Matrosen winkte er hinaus.

»Hm«, sagte Digges und versenkte sich wieder in die Karten. Er hatte seinen Überrock abgelegt und an einen hochlehnigen Stuhl vor einer Kommode gehängt. Auf der Kommode standen neben einigen Büchern Ferngläser und andere nautische Instrumente. Und ein Holzkästchen, von dem Kim nur eine Ecke sah, den Rest verdeckte der Stuhl.

»James hat mir erzählt, was vorgefallen ist«, sagte Kapitän Digges plötzlich und deutete auf Dennis. »Warst du das, der die Wanten nicht hochkam?«

»Mein Bruder ist kein Matrose, Sir, er hätte in den Tod stürzen können«, sagte Lisa aufgebracht.

Digges musterte sie streng, aber sie senkte nicht den Kopf, sondern hielt dem Blick stand.

»Das Risiko besteht immer«, sagte er schließlich, »aber er sollte lernen die Angst zu besiegen, darin liegt die größte Gefahr.« Er seufzte. »Dein Bruder sieht gesund und kräftig aus und ich hab einfach zu wenig arbeitsfähige Männer. Mr Seward muss auf jeden zurückgreifen, der sich noch auf den Beinen halten kann.«

»Mr Seward hätte Dennis abstürzen lassen«, sagte Lisa kriegerisch.

»Unfug! So ein Gerede dulde ich nicht.«

James war leise eingetreten, hatte sich wieder lässig an die Truhe neben der Tür gelehnt und hörte zu.

»Und was war mit Jim Simmons? Dem Decksjungen?« Lisa gab sich nicht so leicht geschlagen.

»Mit Jim? Wie kommst du jetzt auf Jim?«, fragte Digges mit eisiger Miene.

Lisa ließ sich nicht einschüchtern. »Wir wissen genau, dass Mr Seward dafür verantwortlich ist, dass Jim sich das Genick gebrochen hat.«

Jetzt wurde Mr Digges ärgerlich. »So? Warst du dabei?«

»Nein, aber ...«

»Mr Seward hat versucht Jim zu retten. Er ist zu ihm hinaufgestiegen, aber er hat ihn nicht halten können, dabei hätte er leicht selbst abstürzen können. Nichts ist gefährlicher, als einen verwirrten und verängstigten Menschen oben aus der Takelage zu holen.«

»Wirklich?«, fragte Lisa entwaffnet und entdeckte James. Um nicht Zeuge zu sein, wie ihr Gesicht wieder aufleuchtete, rückte Kim ein bisschen zur Seite. Jetzt sah er etwas mehr von dem Kästchen auf der Kommode. Anscheinend war es achteckig und es kam ihm irgendwie vertraut vor. Leider wurde die Kajüte nur unzureichend von einer Laterne auf dem Schreibtisch erhellt, sodass auf die Kommode nicht sehr viel Licht fiel.

Möglicherweise war das Kästchen doch gar nicht achteckig.

»Ganz bestimmt, merkt euch das«, erklärte Mr Digges. »Ihr werdet Mr Sewards Anweisungen in Zukunft unverzüglich Folge leisten und weder Schwierigkeiten machen noch für Unruhe unter meinen Männern sorgen. Habt ihr das verstanden? Mr Seward ist ein verantwortungsvoller Mann, der mein Vertrauen verdient.«

»Er schlägt die Leute«, sagte Dennis und rieb sich die Seite, »bei jeder Gelegenheit.«

Kapitän Digges lief oberhalb seines Barts rot an. »Er muss für Disziplin auf dem Schiff sorgen. Und er macht das sehr umsichtig! Ihr habt keine Ahnung, was dazu gehört, ein Schiff sicher über den Ozean zu bringen.«

»Ist klar«, sagte Dennis.

»Dürfen wir eintreten?«, fragte Mr Maskelyne und kam auch schon herein, gefolgt von Mr Harrison. »Es ist wegen der Uhr.«

Kim hatte das Gefühl, einen Schlag in den Magen zu bekommen. Sein Blick flog zu dem Kästchen.

Es war achteckig!

Kapitän Digges wandte sich an Lisa und Dennis. »Ihr könnt abtreten und essen gehen«, sagte er beherrscht. »Und ich will keine Klagen über euch hören.«

Die Matrosen

Bei ihrem ersten Besuch bei Mr Digges hatte der Kapitän zum Steuermann gesagt, dass sich irgendwo im Schiffsbauch Ladung verschoben hatte. Leider hatte Kim nicht sofort an die Fässer gedacht, die unten herumgerollt waren. Inzwischen, so vermutete er, hatte Mr Seward bestimmt nachsehen lassen.

Auf was außer rollende Fässer waren die Männer wohl noch gestoßen? Auf Großvater Kaos Uhr? Beim Gedanken an das achteckige Kästchen in der Kapitänskajüte wurde Kim siedend heiß.

»Lasst uns lieber nach Willie sehen«, schlug Lisa die Treppe hinab vor, »jetzt, wo wir mal keinen Matrosen oder das Scheusal Seward an den Hacken haben.«

»Das brauchen wir nicht«, sagte Dennis und ging in Richtung Kombüse weiter.

»Bist du wahnsinnig?«, brauste Lisa auf und packte ihren Bruder fest am Arm. »Ich verstehe: Das Abendessen ist dir wichtiger als Willie.«

»Warum brauchen wir nicht nach Willie zu sehen?«, mischte sich Kim ein.

»Ich war da«, sagte Dennis.

Lisa blieb stehen. »Du warst da?«

»Ja.«

»Du bist im Finstern allein die Leitern runter und nicht vor Angst eingegangen? Das würde ich nie schaffen. Du lügst uns nicht an?«

»Ich hab ja nicht vor allem Angst«, sagte Dennis verbittert. »Aber bitte, wenn du mir nicht glaubst.«

»Sag lieber, wie es Willie geht«, warf Kim ein.

»Unverändert. Nur atmet er etwas leichter als vorher.«

»Er hat nicht erbrochen?«, fragte Kim nach.

»Ich glaube nicht. Er schläft einfach.« Dennis schien noch etwas sagen zu wollen, verstummte aber.

»Wir müssen ihn heraufbringen«, sagte Lisa.

»Besser nicht«, wandte Kim ein. »Wohin willst du ihn bringen? Und war die Uhr noch da?«, fuhr er möglichst beiläufig fort. »Großvater Kaos Uhr?«

»Danach hab ich nicht geschaut«, sagte Dennis. »Wieso?«

»Kann sein, dass wir ein größeres Problem haben«, begann Kim behutsam. Er hatte das achteckige Kästchen auf der Kommode von Mr Digges bisher nicht erwähnt.

»Können wir später darüber reden?«, flehte Dennis. »Nach dem Essen?«

»Ja«, sagte Lisa brüsk, »sonst ist mit dir sowieso nichts anzufangen. Und dann gehen wir zu Willie. Ich will mich selbst davon überzeugen, wie es ihm geht. Wann bist du überhaupt bei ihm gewesen?«

»Als ich gerade mal kein Tau oder keinen Tampen in der Hand hatte. Du hast nicht gemerkt, wie ich abgehauen bin. Keiner hat's gemerkt«, erklärte er nicht ohne Stolz.

Sie hatten den Küchenverschlag fast erreicht.

»Warte!«, rief Lisa auf einmal und zog Dennis in eine Ecke. »Wenn wir schon unter uns sind, sollten wir uns endlich über unsere Lage unterhalten, soweit wir sie begreifen. Wir sind also auf dem Weg nach Jamaika.«

Dennis schaute verlangend zur Kombüse. »Auf der Deptford.«

»Auf der was?«, fragte Kim.

»So heißt das Schiff, ich hab einen der Matrosen danach gefragt. Es ist die H.M.S. Deptford. Her Majesty's Ship Deptford.«

»Stimmt«, sagte Kim. »Den Namen hat Digges doch schon erwähnt. Ein englisches Schiff.«

»Das heißt, wir sprechen alle englisch, das hab ich mir noch gar nicht klargemacht«, sagte Dennis verwundert. »Warum bin ich nicht gleich drauf gekommen? Im Louvre war's französisch.«

Das war eine der Überraschungen der ersten Reise mit Großvater Kaos Uhr: Sie waren nicht nur wie die Menschen im 17. Jahrhundert in Frankreich gekleidet gewesen, sie sprachen auch wie diese. Reinstes Französisch. Und jetzt also Englisch.

»Wenn wir das in der Schule bloß auch so beherrschten«, sagte Lisa. »Aber das ist jetzt nicht wichtig. Wir können Willie auf keinen Fall länger da unten lassen. Er soll nicht aufwachen und wir sind nicht bei ihm.«

»Willst du riskieren, dass er über Bord fällt, sobald er wieder laufen kann?«, gab Kim zu bedenken.

Ein Matrose drückte sich an ihnen vorbei und warf ihnen einen finsteren Blick zu. Sie warteten, bis er außer Hörweite war.

»Ich werde ihn anbinden. Wenn es etwas im Überfluss auf diesem Schiff gibt, dann Stricke aller Art«, sagte Lisa kriegerisch.

Das konnte niemand bestreiten. Inzwischen trug sie statt der Schärpe einen Strick als Gürtel. Aber warum?

»Sag mal«, wandte sich Kim an Dennis, »ist dir im Unterdeck bei Willie etwas aufgefallen?«

»Was soll das denn jetzt?«, erkundigte sich Lisa verstimmt.

Dennis druckste herum. »Nö, ich glaub nicht.«

Kim presste ihn gegen die Wand. »Los, sag's.«

»Spinnst du, lass ihn los!«, fauchte Lisa und versuchte Kim beiseitezuschieben.

»Die Fässer«, sagte Dennis unglücklich. »Ich hätte es euch gleich sagen sollen.«

Lisa packte ihn vorn am Hemd. »Ist Willie schon wieder was passiert?« Sie schrie fast.

»Nein! Er liegt in der Kiste und schläft.«

»Und was ist mit den Fässern?«

»Jemand hat unten aufgeräumt und die Fässer wieder aufgestellt. Richtig?«, fragte Kim.

Dennis nickte kurz und machte Anstalten, sich davonzuschleichen.

»Warte mal. Es waren Männer da unten und sie haben Willie nicht entdeckt?«, fragte Lisa ungläubig.

Dennis antwortete nicht und schaute sehnsüchtig zur Kombüse.

»Dennis!«

Diesmal hatte Lisa nichts dagegen, dass Kim ihren Bruder wieder packte und an die Wand drückte. Die Verzweiflung trieb ihr die Tränen in die Augen.

»Rück auch mit dem Rest heraus. Was war los?«

Dennis kramte etwas aus seiner Hosentasche und hielt es ihnen auf der flachen Hand hin. Etwas Braunes, Verschrumpeltes. Lisa nahm es ihm ab und betrachtete es verwundert.

»Ein vertrocknetes und leicht schimmeliges Stück Apfel. Und was hat es damit auf sich? Ich hoffe, du bist nicht so hungrig, dass du das essen willst.«

»Es lag neben Willie. Jemand hat es in die Kiste gelegt.«

Einen Moment schwiegen alle.

»Das hättest du uns wirklich gleich mitteilen sollen«, sagte Lisa bekümmert. »Also hat doch jemand Willie entdeckt.«

»Aber er hat ihm nichts getan, sondern ihm etwas zu fressen hingelegt. Das war doch freundlich, oder nicht?«, meinte Dennis verunsichert.

»Das muss sich erst herausstellen«, entgegnete Kim. »Verlassen würde ich mich darauf nicht.«

»Bestimmt nicht«, sagte Lisa energisch. »Manchmal frage ich mich, wo du bloß deinen Verstand gelassen hast, Dennis. Und was ich noch wissen will, ist, was aus deiner Taucheruhr geworden ist. Eine Uhr bleibt immer eine Uhr, das haben wir doch bei Kims Armbanduhr gesehen. Sie ist jetzt eine Taschenuhr, eine Jefferys von mir aus. Aber was ist mit deiner Taucheruhr?«

Dennis Augen irrten unstet umher. »Frag mich das lieber nicht«, sagte er unglücklich.

»Doch, tu ich«, sagte Lisa hart.

Und da erzählte Dennis, wie Latte ihn wegen der Verabredung mit ihr unter Druck gesetzt und schließlich in der

Pause zusammen mit Bodo verprügelt und ihm die Uhr abgenommen hatte.
»Alles meinetwegen?«, fragte Lisa erschüttert. »Diese Kanalratten haben dich geschlagen und dir die Uhr geklaut?«
»Und sie kaputt gemacht«, entfuhr es Kim, bevor er richtig nachgedacht hatte. Jetzt musste er berichten, was er an der Bushaltestelle beobachtet hatte.
Lisa wurde fuchsteufelswild. »Du hast seelenruhig zugesehen, wie Latte auf Dennis' Uhr rumgetrampelt ist?«, schrie sie Kim an. »Hat dir schon mal jemand gesagt, was für eine feige, niederträchtige, miese Type ...«
Maat Higgins kam heran und blieb bei ihnen stehen. »Was lungert ihr denn hier herum? Keine Traute, zu den anderen zu gehen? Bewegt euch. Dahin!« Er deutete an der Kombüse vorbei auf die nächste Tür. Sie stand jetzt offen und gab den Blick auf eine enge Kammer mit langen Bänken und einem schmalen Tisch dazwischen frei. Auf den Bänken drängten sich die Matrosen dicht aneinander.
»Ziemlich voll, nicht wahr?«, sagte Lisa abwehrend. »Wir warten, bis was frei wird.«
»Nichts da.«
Kim war es sehr recht, dass Maat Higgins sie vorwärtstrieb und keine Widerrede gelten ließ. Unter Lisas ver-

nichtenden Blicken war ihm flauer zumute als von dem ganzen Geschaukel des Schiffs.

Als sie den Raum neben der Kombüse erreicht hatten, rückten die Matrosen widerwillig enger zusammen, um für Kim, Lisa, Dennis und Maat Higgins Platz zu schaffen. Aber erst, nachdem Higgins sie angeraunzt hatte.

Lisa versuchte wenigstens einen minimalen Abstand zu Kim zu halten, um ihn spüren zu lassen, wie sehr sie ihn verabscheute. Nach einem Blick in die Runde rutschte sie jedoch dicht an ihn heran.

Die Feindseligkeit der Männer war fast mit Händen zu greifen. Kim musste wieder daran denken, dass der Steuermann behauptet hatte, sie hätten sich auf Kosten der Mannschaft achtzig Tage durchgefressen. Sobald er begriff, wie wenig die Männer zu beißen hatten, wurde ihm die feindliche Haltung nur zu verständlich.

Jeder der Matrosen hatte etwas in der Hand, das wie Presspappe aussah. Bevor sie abbissen, klopften sie damit auf den Tisch, als ob das zum Essritual gehörte. Vor ihnen standen kleine Holzbecher mit einer klaren Flüssigkeit.

Es gab also doch reines Wasser?

Ihnen wurde aber nichts angeboten.

Der Koch, ein kleiner verhuschter Mann mit einer Narbe quer über dem Gesicht, kam herein und warf wortlos etwas auf den Tisch. Higgins langte sofort zu und nahm sich ein Stück Presspappe und einen von vier schmalen Streifen, von denen ein unbeschreiblich ekliger Geruch ausging.

»Speck«, sagte Higgins, wischte sein Stück an seinem Ärmel ab und begann zu kauen.

Speck hatte Kim anders in Erinnerung. Dieser zeigte eine grau-schwarz-grünliche Färbung und wirkte glitschig.

Dennis streckte trotzdem die Hand danach aus, aber Lisa sagte scharf: »Nimm das nicht!«

Unsicher sah Dennis zu Higgins und dem schwarzgrünen Fleck an dessen Ärmel. Higgins grinste nur. »Was anderes gibt's nicht.«

»Aber der Speck ist verdorben«, wandte Lisa ein. »Oder nicht?«

»Klar«, ein älterer Matrose nickte, »der verfluchte Speck ist verdammt schimmelig.«

Dem Mann triefte Blut aus dem Mund und viele Zähne hatte er nicht mehr. Die meisten waren nur Stümpfe.

»Alles ist schimmelig. Auch das Brot«, er hob die Presspappe hoch, »und das Dörrfleisch. Aber das gibt's schon seit 'ner Woche nicht mehr.«

Überall auf der Tischplatte, wo die Männer mit dem Brot herumklopften, bewegte sich etwas. Mehlweiße Kringel, wie kurze Fadenenden. Nur dicker als Fäden. Maden

hatte Kim schon lange nicht mehr gesehen, aber jetzt erkannte er sie. Die Klopferei bekam für ihn Sinn: Bevor die Matrosen das Brot aßen, klopften sie die Maden heraus. So beiläufig, wie sie das machten, mussten sie große Übung darin haben.
Unauffällig legte Lisa eine Hand auf ihren Magen und starrte auf den Tisch. Auch sie hatte die Maden entdeckt. Einer der Männer stieß sein Messer, mit dem er den Speck Stück für Stück vor dem Mund abgeschnitten hatte, mit einem Hieb in die Holzplatte.
»Zum Teufel auch! Wie viel ist von den Vorräten in den achtzig Tagen bis jetzt spurlos verschwunden, ohne dass wir was davon gesehen haben, Higgins?«
»Einiges«, antwortete Higgins mit einem hämischen Blick auf Kim, Lisa und Dennis, »genug, um die drei satt zu machen, möchte ich meinen.«
»Hackt diesen kleinen Ratten die Hände ab, Himmel, Arsch und Zwirn!«, fluchte der Mann mit den blutigen Zahnstümpfen.
»Hoh, hoh! Dreht den Kanaillen die Gurgel um!«, schrie ein anderer Seemann und schickte einen kräftigen Fluch hinterher. Daraufhin fluchten und krakeelten alle durcheinander. Es war ziemlich viel von Aufhängen, Vierteilen und Auspeitschen die Rede und es hörte sich nicht wie lauter leere Drohungen an.

Lisa, Dennis und Kim rückten enger zusammen, als sie ohnehin schon saßen. Noch ein paar Messer wurden in die Tischplatte gerammt. Higgins hatte seinen Spaß daran, denn er schritt nicht ein, sondern sah seelenruhig zu, wie sich die Männer in einen immer mörderischeren Zorn hineinsteigerten.

Auf dem Höhepunkt des Gebrülls begann Lisa an Kims Seite herumzufummeln. Er begriff nicht sofort, was sie machte.

Aber auf einmal hatte sie sein Messer in der Hand und hieb es mit aller Kraft in den Tisch.

»Ihr verdammten jammerlappigen, krausköpfigen, ungewaschenen, stinkenden Dreckskerle!«, schrie sie aus vollem Hals. »Lasst uns in Frieden! Wir haben euren schietigen vergammelten Speck nicht gegessen. Fällt uns gar nicht ein! Steckt euch den Mist doch sonstwohin.«

Augenblicklich herrschte Ruhe.

Einige blinzelten verblüfft.

Dann endlich sagte einer anerkennend: »Mann, kann der Junge fluchen.«

»Für so eine halbe Portion schon ganz schön«, murmelte ein anderer respektvoll.

Ohne ein weiteres Wort schob Lisa den Speck und das Brot über den Tisch. In zwei Sekunden war beides in den Fäusten der Männer verschwunden.

»Willste 'nen Schluck?« Ein Matrose reichte Lisa seinen Becher herüber.

»Wasser?«, fragte Lisa hoffnungsvoll und fasste sich an die Kehle.

Die Matrosen lachten und hämmerten mit den Fäusten auf den Tisch.

»Rum!«, sagte einer schließlich.

Lisa lächelte mühsam und gab den Becher zurück. »Rum hat mir mein Vater verboten.«

Wieder lachten alle dröhnend.

»Wo sind eigentlich die anderen? Kriegen die nichts?«, erkundigte sich Dennis, sobald es wieder ruhiger war.

»Später. Das hier ist nur die Steuerbordwache – alle die, die davon übrig sind«, erklärte Higgins. »Die nicht mehr stehen können, liegen hinten im Krankenrevier.« Er zeigte zur Tür und den Gang hinunter. »Hört ihr sie stöhnen? Drei haben Typhus. Ist ansteckend, geht ja nicht dorthin.«

Kim hatte das Stöhnen, das er von Zeit zu Zeit gehört hatte, mit dem Wind in Zusammenhang gebracht.

»Ich hab Skorbut«, sagte der eine Matrose und deutete mit einem kläglichen Grinsen auf seine blutigen Zahnstümpfe. »Aber ich halt noch 'ne Weile durch.«

»Wer kümmert sich um die Männer im Krankenrevier?«, fragte Lisa betroffen.

»Der Koch«, antwortete Higgins, »und ab und zu ich.«

Vielleicht war Higgins doch nicht so ein Aas, wie Kim gedacht hatte.

»Gibt es denn gar keine Frauen an Bord, die Ihnen helfen könnten?«, erkundigte sich Lisa und blinzelte Kim kurz zu.

»Frauen?«, wiederholten einige Matrosen im Chor.

»Wenn eine Frau auf dem Schiff wäre, würden wir sie sofort über Bord schmeißen«, sagte der mit den Zahnstümpfen.

»Frauen an Bord bringen Unglück«, behauptete Higgins und schaute Lisa düster an.

»Im Ernst?«, fragte sie mit schwacher Stimme und griff unter der Tischplatte nach Kims Hand.

»Bleib bloß ruhig«, murmelte er, »und glaub ihnen nicht alles.«

»Nur der Klabautermann ist noch gefährlicher«, meinte ein Matrose.

»Und wer ist das?«, hakte Dennis nach.

»Einige sagen, ein böser Geist, andere ein Kobold. Auch wenn du ihn nicht zu Gesicht bekommst, merkst du, dass er da ist. Er verrückt nämlich Gegenstände und spielt üble Streiche. Schlimm wird's aber erst, wenn er sich blicken lässt.« Der Mann senkte die Stimme zu einem heiseren, grauenerfüllten Flüstern. »Dann wissen alle, dass das Schiff dem Untergang geweiht ist.«

Eine beklemmende Stille trat ein. In den Augen der meisten Seeleute stand abergläubische Furcht.
»Blödsinn«, sagte Lisa laut. »Es gibt überhaupt keine Kobolde und Geister.«
»In China schon. Warum dann nicht hier?«, warf Kim schulterzuckend ein.
»Fang du nicht auch noch an«, wies Lisa ihn zurecht.
»Bringt der Klabautermann Fässer ins Rollen?«, fragte Dennis bedächtig.
»Bestimmt.«
Mehr wollten die Männer aber nicht über den Schiffsgeist sagen, das Thema setzte ihnen zu sehr zu.
Die gleichen Männer, die gerade noch drauf und dran gewesen waren, mit ihren Messern über sie herzufallen, plauderten jetzt angeregt mit ihnen, ihren Zorn hatten sie vergessen. Sie schienen auch vergessen zu haben, wie sehr sie sich mit ihren Spottgesängen über den pummeligen, schwerfälligen Dennis lustig gemacht hatten. Bereitwillig gaben sie ihm Auskunft über Begriffe wie Steuerbord und Backbord (rechte und linke Seite des Schiffs), Bug und Heck (vorderer und hinterer Teil) und amüsierten sich über die Unwissenheit des neuen »Schiffsjungen«.
Als der Koch überraschend eine Schüssel mit pappigem Hirsebrei auf den Tisch donnerte und Holzlöffel da-

zuwarf, kam beinahe Partystimmung auf. Mit größtem Behagen aßen die Matrosen die Schüssel leer, indem sie reihum ihre Löffel hineinsteckten.
Kim war begeistert. Das war ja so gesellig wie bei einer Mahlzeit in China! Und als die Männer auch noch grunzten und schmatzten, was das Zeug hielt, tat ihm vor Heimweh das Herz weh. Eigentlich fehlten nur noch Essstäbchen und etwas Genießbareres als dieser Schweinefraß.
Kaum waren sie fertig, begann eine Glocke wie wild zu läuten.
»Alle Mann an Deck«, befahl Higgins.
Die Matrosen sprangen hastig auf.
»Wir gehen zu Willie«, raunte Lisa den anderen beiden zu, während sie den Gang hinuntereilten.
Draußen an Deck gelang es ihnen, sich von dem Trupp abzusetzen, aber als sie die Luke erreichten, die sie kannten, war diese fest verschlossen. Der Weg zu Willie war nun versperrt.

Sturm!

Das Schiff kämpfte schwer gegen die Wogen an, die wie eine hungrige Meute heranrollten, das Schiff packten und sich, wenn es tief in ein Wellental eintauchte, mit Getöse darüber hinwegwälzten. Das Wasser schoss über das Deck und nahm alles mit, was nicht niet- und nagelfest war.

Kim schlang einen Arm um Lisa, als sie zu rutschen begann, und umklammerte mit dem anderen Dennis, der jetzt auch den Halt verlor. Zu dritt wurden sie gegen die Rettungsboote geschleudert.

Kapitän Digges bemerkte sie und winkte sie zu sich. Rutschend und schwankend kamen sie bei ihm an. Er legte Dennis schwer die Hand auf die Schulter.

»Eine Hand fürs Schiff, eine Hand für dich. Denk dran, wenn du oben bist.«

Erst verstand Dennis nicht, dann wurde er kreidebleich.

»Nicht schon wieder!«, schrie Lisa empört. »Ich geh rauf, aber lassen Sie ihn unten.«

Mr Digges schüttelte den Kopf. »Ihr geht alle, verstanden? Ich brauche oben jeden, der noch Kraft hat, raufzukommen.« Der Kapitän ließ nicht mit sich reden und es war schließlich Dennis, der sich als Erster aufmachte in die Takelage zu klettern.

»Ich bleibe immer dicht hinter dir!«, rief Kim ihm zu.

Alle Segel wurden gerefft. Nur ganz vorn sollten die Klüver, die dreieckigen Segel am Bugspriet, der langen Spitze des Schiffs, stehen bleiben und das Segel am Besanmast, dem Mast hinten. Das Schiff sollte noch Fahrt machen und manövrieren können.

Digges gab selbst die Anordnungen und überwachte sie.

Die Webleinen, die Querleinen, die die senkrechten Wanten miteinander verbanden und auf die sie treten mussten, waren so rutschig wie nasse Seife. Eigentlich hätten Kim, Lisa und Dennis schon nach den ersten Metern abgleiten müssen, aber sie schafften es nach oben. Diesmal vermied es Dennis, auch nur einmal hinunterzuschauen. Starr hielten sie alle den Blick auf die nächste Webleine gerichtet, an der sie sich festhalten konnten. Die Matrosen turnten geübt an ihnen vorbei, aber zwei blieben zurück und halfen ihnen hinauf. Beim ersten Segel, das eingeholt werden sollte, stellten sie die Füße auf die Perde, das schlaufenartige Tau, das unterhalb der Rahe herlief.

Aus der Höhe sah das Schiff wie ein zerbrechliches Spielzeug aus, das hilflos der kochenden See ausgesetzt war. Keiner brauchte Kim zu sagen, dass selbst die erfahrensten Matrosen Angst hatten. Die Arbeit auf den wild schwankenden Perden ohne jede Sicherung war immer lebensgefährlich, aber vor allem, wenn das Schiff direkt in eine Sturmfront fuhr. Die schwarzen Wolken hingen fast in den Mastspitzen. Kim kam es vor, als würde er durch den Höllenschlund fahren. Dazu krachten unentwegt die Brecher über die Decks herein und das Schiff legte sich von Zeit zu Zeit so auf die Seite, als würde es umkippen. Dennis hatte zu wimmern begonnen, ein hohes Jaulen, das im Sturm beinahe unterging. Kim konnte sich vorstellen, was Dennis dachte. Dass sie ja doch mit dem Schiff versinken würden, wenn sie nicht vorher abstürzten und von den Wogen verschlungen wurden.

Die Matrosen sangen. Ihr eigenartig schwermütiger Gesang behauptete sich nur schwach gegen das Sturmgetöse, klang aber trotzig und verzweifelt mutig. Nach einer Weile merkte Kim, dass der Rhythmus half mit dem Zusammenfalten und Festmachen der großen Segelbahnen besser klarzukommen. Regen klatschte ihnen beinahe waagerecht in die Gesichter, Wasser sprühte von unten herauf, triefte von oben auf sie herab. Die Finger wurden so taub, dass sie nicht mehr zu spüren waren. »Eine Hand für dich, eine Hand fürs Schiff«, wiederholte Kim. Mit einer Hand Segel festzurren, mit der anderen sich selbst sichern.

Auf einmal schrie Dennis durchdringend.

Kim durchfuhr ein gewaltiger Schreck, während ein Fuß von der Perde glitt. Mit beiden Händen musste Kim nach dem Handseil oberhalb der Rahe greifen, an dem er sich festhalten konnte.

Dennis schrie wieder.

Zentnerschwer legte sich Kim dieser Schrei auf die Seele. Dennis drehte durch, er verlor den Verstand! Kim rutschte zu ihm hinüber, griff um ihn herum. Wenn schon, würden sie beide zusammen abstürzen.

»Ganz ruhig!«, brüllte Kim. »Ich lass dich nicht im Stich.«

Von der anderen Seite schob sich Lisa heran. »Dennis, ich halte dich!«

Ihr Bruder schüttelte wild den Kopf, sodass ihm die nassen Haare ins Gesicht flogen.

»Ihr müsst schreien!«, brüllte er. »Schreit!«

Er schrie wieder, den Kopf leicht nach hinten geneigt, seine Augen blitzten auf. »Schreit! Versucht es.«

Lisa schüttelte ungläubig den Kopf. »Was sollen wir mit ihm machen?«

Der Sturm fuhr heulend durch die Takelage und schüttelte sie beinahe aus den Rahen. Da begriff Kim. Dennis hatte sich mit seinen Schreien jenseits der Angst begeben. Die Angst war noch vorhanden, aber sie focht ihn nicht mehr an. Dennis' Schrei war eine Kampfansage. Er würde sich vom Sturm nicht unterkriegen lassen.

Kim legte den Kopf in den Nacken und schrie auch.

Wie das erleichterte! Er schrie gegen den Sturm an und schließlich machte es ihm Lisa nach. Sie schrien zu dritt und heulten mit dem Sturm. Aber irgendwann ging ihnen die Luft aus und dann wurde die Arbeit hoch oben zur reinen Qual. Jetzt hieß es nur noch durchhalten.

Als sie sich endlich zum letzten Mal aus den Rahen auf die nassen Planken hinabhangelten, wusste Kim nicht, wie lange sie gebraucht hatten, bis alle Segel gerefft waren. Dennis knickte ein, Lisa und Kim halfen ihm auf. Zu dritt suchten sie sich ihren Weg nach hinten, raus aus diesem Wetter. Lisa klapperten die Zähne vor Kälte. Dabei war es gar nicht kalt. Wind und Regen fühlten sich warm an und doch war allen drei kalt vor Erschöpfung.

»Wohin?«, fragte Lisa.

Bisher hatte ihnen niemand eine Unterkunft zugewiesen. Also taumelten sie einfach vorwärts, ein verlorener kleiner Trupp. Das hintere Deck mit seinen Aufbauten kam in Sicht.

Mr Harrison stand oben an der Treppe und beugte sich weit über das Geländer, als die drei heranwankten.
»Mein Gott, mein Gott! Kommt hierher! Das ist ja der helle Wahnsinn!«
Mit beiden Händen zog sich Kim den Handlauf der Treppe zum oberen Geschoss hinauf.
Harrison hielt ihnen die Tür auf, winkte sie weiter und ging voraus zu seiner Kabine. Neben der schmalen Koje, einem Armlehnstuhl, einem kleinen Tisch und einer Kiste, die vor das Fenster gerückt war, blieb kaum freier Platz übrig. Obwohl das Fenster mit einem Holzladen abgedichtet war, drangen Wind und Feuchtigkeit durch die Ritzen herein. Aber trockener als draußen war es hier allemal.
»Wartet!« Mr Harrison hob eine zusammengeknüllte Decke von seinem Bett. Er bot sie ihnen aber nicht an, sondern setzte sich mit der Decke auf den Stuhl und nickte zum Bett hinüber.
»Nehmt Platz!«
Seufzend ließen sie sich auf das Bett fallen. Sehnsüchtig betrachtete Lisa die Decke. In der Koje fanden sich jetzt nur noch klamme Betttücher.
Mr Harrison hatte Lisas Blick bemerkt.
»Tut mir leid«, sagte er verlegen, »aber ich kann euch die Decke nicht geben. Ich muss die Uhr trocken halten.«

»Welche Uhr?«, fragte Kim mit einem unguten Gefühl und rieb sich mit einem Lakenzipfel das Gesicht trocken.
»Eine besondere Uhr«, antwortete Mr Harrison und lupfte ein Stück der Decke so weit, dass die Ecke eines Holzkastens hervorschaute. »Sie darf auf keinen Fall nass werden, deshalb habe ich sie aus Kapitän Digges' Kajüte geholt.« Er lächelte sie um Verzeihung heischend an und umklammerte wieder das Deckenbündel. »Wisst ihr, meine Sachen sind auch nicht trocken. Aber lieber riskiere ich Erkältung und Fieber, als dass diese Uhr nass wird.«
Lisa drängte sich dicht an Kim und flüsterte ihm ins Ohr: »Warum hast du Dennis nach Großvater Kaos Uhr gefragt? Glaubst du, als die Männer die Fässer aufgestellt haben, haben sie ...?«
Vielleicht hatte der in die Decke eingewickelte Holzkasten Lisa so stutzig gemacht wie Kim.
Mr Harrison sah sie neugierig an. »Ja?«
»Bitte, können wir die Uhr einmal sehen?«, fragte Lisa laut.
Bedauernd schüttelte Mr Harrison den Kopf. »Tut mir leid. Wie gesagt, ich muss die Uhr gegen die Feuchtigkeit schützen, aber selbst, wenn ich wollte, könnte ich sie euch nicht zeigen.«
Lisa krümmte sich zusammen. »Dann sind wir jetzt wohl ganz verloren«, sagte sie hoffnungslos.

»Für immer auf einem Schiff«, jammerte Dennis, dem auch ein Licht aufgegangen sein musste.
Kim hatte sich also nicht getäuscht. Die Matrosen hatten Großvater Kaos Uhr gefunden und zum Kapitän gebracht. Und in Digges' Kajüte hatte sie Mr Harrison entdeckt und an sich genommen, weil er sofort ihre Einzigartigkeit erkannt hatte. Schließlich war er Fachmann.
»Bestimmt nicht!«, meinte Mr Harrison aufmunternd. »Sicher, wir müssen diesen Sturm überstehen.« Er stockte, weil sich das Schiff wieder gefährlich schräg legte. »Aber ich verspreche euch, dass wir morgen Jamaika erreichen – wenn wir nicht allzu weit vom Kurs abgekommen sind.«
»Wieso sind Sie da so sicher? Ich dachte, Sie sind Uhrmacher und nicht Navigator«, sagte Lisa mit einer gewissen Schärfe. Wahrscheinlich nahm sie es Mr Harrison doch übel, dass er die Decke nicht herausrückte. Sie zitterte am ganzen Leib. Genau wie Kim und Dennis klebten ihr Hemd und Hose am Körper.
Inzwischen hatte Mr Harrison etwas gesagt, das Kim entgangen war. Bevor er aber nachfragen konnte, klopfte jemand an die Tür.
»Herein!«, rief Mr Harrison.
James trat ein. »Mein Vater lässt fragen, ob bei Ihnen alles in Ordnung ist. Oh, hier sind die drei. Nach denen

lässt er gerade suchen.« Er schaute Lisa an. »Wie geht's dir, Lionel?«

Lisa hatte die Arme um ihren Oberkörper geschlungen und ließ sie nun ein Stückchen sinken. »Wie es einem so geht in klatschnassem Zeug. Scheußlich.«

James starrte auf ihre Brust. »Dann müssen wir was dagegen tun. Ich hole dir etwas Trockenes.«

Und wir?, dachte Kim verdrossen. James hatte sich bereits zur Tür gewandt. »Bring uns auch was mit!«, rief er ihm nach. »Uns geht's nicht besser.«

Ohne ihn zu beachten, lächelte James Lisa zu, bevor er verschwand.

Auf einmal kam Kim ein beunruhigender Gedanke. Möglichst unauffällig schielte er auf Lisas Brust. Aber Lisa hatte die Arme wieder hochgenommen, sodass er nicht feststellen konnte, was er wollte. Wie sollte er sie auf das Problem aufmerksam machen, das nur sie betraf? Was sollte er sagen? Eine Welle der Verlegenheit trieb ihm das Blut ins Gesicht.

James kehrte zurück und reichte Lisa eine Decke, die sie dankbar entgegennahm. Als er ihr helfen wollte sich darin einzuwickeln, kam ihm Dennis zuvor.

»Ich mach das schon. Die Decke reicht zum Glück für uns beide«, sagte er, »und wenn Kim näher rückt, sogar für uns drei.«

»Danke, James«, sagte Mr Harrison, »ich fühlte mich doch recht beschämt. Aber ich konnte ihnen meine Decke nicht geben. Und bitte, sag deinem Vater, dass wir jetzt alle gut versorgt sind.«

Falls Mr Harrison gedacht hatte, James würde sie jetzt verlassen, hatte er sich geirrt. Er lehnte sich gegen die Tür und hielt mit einer beneidenswerten Sicherheit sein Gleichgewicht, ganz egal, wie heftig sich das Schiff bewegte. Der Sturm schien ihm nichts auszumachen. Seine feuchte Kleidung verriet, dass auch er eine Zeit draußen verbracht hatte, aber Kim hatte ihn, als er auf den Perden stand, von oben nicht gesehen. Vielleicht war er unten im Einsatz gewesen.

Wer war James überhaupt?

»Das hat Zeit, Mr Harrison, mein Vater ist noch sehr damit beschäftigt, das Schiff auf Kurs zu halten.«

»Ich wüsste zu gerne, wie er das macht«, nuschelte Dennis schläfrig. »Die Längen- und Breitengrade sind ja nicht ins Meer eingezeichnet. Oder? Und bei dem Wetter erkennt man draußen sowieso rein gar nichts.«

James lachte. »Was weißt du Knirps schon über Längen- und Breitengrade?«

»Vielleicht mehr als du!« Dennis rappelte sich ein bisschen auf. »Die Breitengrade verlaufen zwischen dem Nord- und dem Südpol, der nullte Grad liegt genau in der Mitte auf dem Äquator, er hat den größten Umfang. Und die Längengrade verlaufen …« Dennis stockte.

»Ja?«, sagte James herablassend.

»Ach was, ich bin zu müde, um's dir zu erklären«, winkte Dennis ab und gähnte.

Länge, dachte Kim, Kapitän Digges hatte irgendwann Mr Harrison nach der Länge gefragt. Hatte er den *Längengrad* gemeint? Aber wieso sollte ein Kapitän einen Uhrmacher nach dem Längengrad fragen? Wenn überhaupt, war die Bestimmung des Längengrads Sache des Kapitäns.

»Sicher«, sagte James mit einer geheimen Befriedigung. »Anscheinend hat sich das Problem mit der Länge schon bis zu euch herumgesprochen. Habt ihr schon Wetten abgeschlossen, wer das Rennen macht? Mr Maskelyne, der Astronom, oder Mr Harrison, der Uhrmacher?« Er sah Mr Harrison an. »Nichts für ungut, Sir, aber ich tippe auf Mr Maskelyne, selbst wenn mein Vater auf Ihrer Seite steht. Er hat Unrecht. Mr Maskelynes Berechnungen werden uns sicher nach Jamaika führen – nicht Ihre.«

James verbeugte sich spöttisch und verließ die Kabine.

Mr Harrison war in seinem Stuhl zusammengesunken. »Glaubt ihm nicht«, sagte er heiser.

»Wer ist dieser James überhaupt?«, fragte Dennis.

»Der Sohn von Kapitän Digges«, sagte Kim, dem endlich ein Licht aufgegangen war, und Mr Harrison nickte.

Schwerfällig stand er auf, legte die Decke auf seinen Stuhl und kramte in der Truhe am Fenster.
»Hier«, sagte er und hielt Kim eine Taschenuhr hin, »eure Jefferys. Ich habe Kapitän Digges davon überzeugen können, dass er sie euch zurückgeben muss, und hab sie gleich an mich genommen.«
Als Kim sie in der Hand hielt, beugten auch Lisa und Dennis ihre Köpfe darüber.
»Zwölf Uhr durch«, sagte Lisa gedämpft. »Wie viel Zeit bleibt uns noch?«, fügte sie bang hinzu.
Die Frage konnte ihr Kim nicht beantworten. Noch immer wusste er nicht, was Tante Bettys Standuhr geschlagen hatte. Nur, dass es mindestens fünf Uhr gewesen sein musste. Oder doch erst vier? Aber da Mr Harrison jetzt anscheinend Großvater Kaos Uhr in Verwahrung hatte und es nicht so aussah, als würde er sie freiwillig herausrücken – er umarmte wieder das Paket aus Decke und Uhr –, war die Frage nicht einmal besonders wichtig. Er gab es auf, darüber nachzudenken, und auch Lisa bestand nicht auf einer Antwort. Wortlos kippte sie zur Seite.
»Ja, schlaft«, redete Mr Harrison ihnen zu. »Schlaft jetzt. Ihr habt doch in meiner Koje alle Platz?«
Als Kim sich räkelte, um sich eine einigermaßen bequeme Lage zu verschaffen, streifte er Lisas Hemd am Rücken. Da war etwas unter dem Hemd. Und noch wäh-

rend er darüber nachdachte, bewegte sich Lisa unruhig. »Was fummelst du da an mir herum?«, zischte sie. »Lass das!«

»Ich dachte nur«, begann Kim und suchte verzweifelt nach Worten. Sollte er James' zu interessierten Blick auf ihre Brust erwähnen? Was sollte er sagen, ohne ihr zu nahe zu treten? Er schwieg lieber. Irgendwas schnürte Lisas Busen zusammen und das musste ihm genügen. Aber dann fiel es ihm doch ein: die Schärpe!

Ahnte James, wer oder was Lisa war?

Kim duselte ein. Es war sehr schön, an Lisas Rücken geschmiegt einzuschlafen.

Der liebe James

Was ist Skorbut?«, fragte Dennis. »Wieso fallen den Matrosen die Zähne aus?«

Kim blieb nach dem Aufwachen liegen, seine Augen geschlossen, und hörte träge zu, wie sich Dennis und Mr Harrison unterhielten.

Dennis hatte sich mit untergeschlagenen Beinen ans Fußende der Koje gesetzt. »Skorbut, ja!«, seufzte Mr Harrison. »Skorbut ist eine der Geißeln der Seefahrt. Zunächst mal schwellen dir die Beine an, dann bekommst du überall blaue Flecke, auch wenn du dich nirgends gestoßen hast. Dir platzen die Adern unter der Haut, du blutest nach innen. Und von Tag zu Tag fühlst du dich schwächer. Am Ende kannst du dich vor lauter Schwäche nicht mehr auf den Beinen halten. Es gibt Ärzte, die sagen, die Organe lösen sich auf und der Körper verfault innerlich. Ja, und die Zähne fallen dir auch aus.«

Sehr vorsichtig streckte Dennis ein Bein über Kims Beine und strich behutsam über seine Wade.

»Und wie früh treten die ersten Anzeichen auf? Ich glaube, mein Bein ist etwas dicker als gestern.«

»Und? Hast du Schmerzen?«, rief MrHarrison aufs Höchste besorgt.

Kim drehte den Kopf und betrachtete den Mann, der wieder auf dem Stuhl saß, allerdings ohne das Uhrenpaket.

Mr Harrison wirkte so zerknittert wie nach einer schlaflosen Nacht, aber jünger als vorher. Wahrscheinlich lag das daran, dass er seine Haare gewechselt hatte. Diese waren dunkelbraun und verstrubbelt. Die anderen, weißen, die er sonst getragen hatte, die in der Mitte gescheitelt und unten zu wurstartigen Locken zusammengedreht waren, hingen jetzt hinter ihm an einer Ecke der Rückenlehne. Ohne dieses Greisenhaar schätzte Kim den Uhrmacher auf höchstens dreißig.

»Ja«, wimmerte Dennis, »mir zieht es geradezu mörderisch in den Waden.«

Mr Harrison machte augenblicklich Anstalten, aufzustehen. Er stützte sich mit einer Hand auf die Armlehne und griff mit der anderen mit einer geübten Bewegung nach seiner Perücke und drückte sie sich mit Schwung aufs Haupt.

»Armer Junge, lass mich das sehen. Das konnte ja nicht ausbleiben.«

»Er hat keinen Skorbut, sondern Muskelkater«, erklärte Kim und setzte sich auf. »Von der Turnerei in der Takelage.«

»Ich habe noch nie solche Schmerzen gehabt«, heulte Dennis.

»Na klar, du hast dich ja auch noch nie so lange am Stück bewegt«, sagte Kim mitleidlos und wandte sich wieder an Mr Harrison. »Wie kriegt man Skorbut?«

Mr Harrison ließ sich nicht davon abhalten, die Beine von Dennis zu untersuchen. Wie zu erwarten war, ergab die Untersuchung einige blaue Flecke, die Dennis erneut aufheulen ließen, weil er darin ein weiteres Anzeichen für Skorbut sah. Geschwollen waren seine Beine aber nicht im Geringsten. Etwas ratlos und verunsichert schüttelte Mr Harrison den Kopf.

»Deine Beine fühlen sich fest und gesund an, Junge. Ja, die Ursachen. Es ist die Nahrung an Bord, versteht ihr?«

»Das vergammelte Zeug?«, fragte Dennis. »Die Jauche, die man trinken muss?«

»Ja, genau. Der Mangel an frischen Sachen«, bestätigte Mr Harrison. »Nach so langer Zeit auf See wie bei dieser Reise sind alle frischen Nahrungsmittel längst aufgebraucht. Wir hatten Schafe und Hühner an Bord, aber die sind alle geschlachtet und gegessen. Und das Gemüse war schon nach zehn Tagen verfault.«

»Klar, dann fehlen die Vitamine«, warf Kim nickend ein.
»Vita was?«, fragte Mr Harrison.
«Vita…« Kim langte hinter sich und merkte, was ihm schon früher hätte auffallen müssen, wenn ihn das Gejammer von Dennis nicht abgelenkt hätte. »Wo ist Li-«, im letzten Moment hielt er inne, »Li-onel«, fuhr er fort.
»Sie – er war weg, als ich aufwachte«, sagte Dennis.
Mit einem Ruck schwang Kim die Füße auf den Boden und marschierte mit einem kleinen Seitwärtsschlenker, ausgelöst durch das Schwanken des Schiffs, zur Tür. Wo Lisa steckte, konnte er sich leicht ausrechnen: Irgendwo unten im Schiffsbauch zwischen aufgestapelten Ballen, Fässern und Kisten auf dem Weg zu Willie. Allein im Dunkeln.

Der Sturm war abgeflaut. Skelettartig ragten die Masten mit den Rahen und den Wanten in den Nachthimmel, über den noch immer Wolken fegten. Hier und da blitzte ein Stern auf. Und über dem Großmast schimmerte der Vollmond hinter einer Wolkenbank hervor und verschwand wieder. Sofort wurde es auf dem Deck finsterer.
Aber auch bei der trüben Beleuchtung fand Kim die Luke, die hinunter zu Willie führte. Nur war sie nach wie vor fest verschraubt. Hier konnte Lisa unmöglich einge-

stiegen sein. Dennis war ihm nachgeschlichen und blieb auch bei ihm, als er eine andere Luke fand und untersuchte.
»Was wollt ihr unten? Die Luken bleiben bis auf Weiteres dicht«, sagte Mr Seward. »Wir haben noch zu viel Seegang!«, rief ihnen einer der Matrosen zu.
Auf der Suche nach einer offenen Luke hatten Kim und Dennis zweimal das Schiff von hinten bis vorn und zurück abgelaufen und die Wahrscheinlichkeit war groß, dass sie Lisa verpasst hatten. Vermutlich war sie zu Harrisons Kabine zurückgegangen. Also machten auch sie kehrt. Als sie die Kabine erreichten, kam Mr Harrison gerade den Gang von der Kapitänskajüte herunter.
»Sucht ihr noch nach Lionel? Er ist bei James. Es geht ihm gut.«
Trotzdem fand Kim es angebracht, sich einige Sorgen zu machen. »Und wo ist James?«
»In der Privatkajüte seines Vaters. Wartet, ich bringe euch besser hin. So ohne Weiteres dürft ihr dort nicht hinein.«
Digges saß an seinem Kartentisch, einen Zirkel in der Hand, und schaute nur kurz auf, als Harrison eintrat und eine Erklärung abgab.
Der Kapitän nickte und wies mit dem Kopf zu jener zweiten Kajüte mit der breiten Koje. Bevor Kim die Klinke herunterdrückte, sah er zurück. Er entdeckte den achtecki-

gen Kasten, den Mr Harrison mit seiner Decke trocken gehalten hatte, wieder auf seinem alten Platz auf der Kommode. Großvater Kaos Uhr, wenn er sich nicht täuschte.

Ganz sicher hatte James sie nicht erwartet und Lisa auch nicht. Beide beachteten Kim und Dennis nicht, als sie eintraten. Lisa saß am Kopfende auf der Koje und sah unverwandt James an, der mit eleganten Handbewegungen gerade etwas erklärte. Eindeutig war Lisa von dieser Erklärung fasziniert.

»Li-onel?«, fragte Dennis zaghaft, um auf sich aufmerksam zu machen.

Lisa winkte mit einer Hand ab. »Sei still, ich lerne gerade etwas über Navigation von James.«

»Über die Bestimmung des Längengrads, Lionel«, ergänzte James sanft.

»Das interessiert mich brennend«, sagte Dennis und ließ sich aufseufzend neben seiner Schwester nieder, die unwillig näher zur Kojenkante rückte. Kim blieb lieber neben der Tür stehen, im sicheren Bewusstsein, herzlich unerwünscht zu sein.

»Dann muss ich wohl von vorn anfangen«, sagte James genervt und fuhr sich mit einer Hand durch seine blonden Locken, die ihm malerisch in die Stirn hingen.

Es war nicht gerade eine Freude, ihm längere Zeit zuzuhören, denn er hatte eine ausgesprochen hässliche, ungewöhnlich heisere Stimme.
Die Längengrade, erklärte er krächzend, liefen alle vom Nordpol bis zum Südpol und zurück zum Nordpol und zogen sich in immer gleich großen Kreisen von Osten nach Westen um die ganze Erde. Leider gab es keinen, den man von Natur aus als den nullten bestimmen konnte, wie es bei den Breitengraden mit dem Äquator der Fall war. Deshalb hatten die englischen Astronomen den nullten Längengrad durch Greenwich gelegt, ihre bedeutendste Sternwarte. Diese eigentlich willkürliche Festlegung wurde allmählich auch von anderen Astronomen übernommen. Ansonsten war man aber noch nicht viel weiter gekommen.
Die Breitengrade ließen sich verhältnismäßig leicht anhand der Höhe der Sonne über dem Horizont zu einer bestimmten Tageszeit berechnen. Das konnten schon die alten Griechen.
Kim begann sich zu langweilen. Bisher hatte James nicht viel Neues erzählt, aber Dennis und Lisa hingen trotzdem an seinen Lippen, als würde er große Entdeckungen verkünden. Dabei sah James vorwiegend Lisa an, die immer wieder nickte und ihn anlächelte, um ihm zu zeigen, wie gern sie ihm zuhörte. Erst ließ er seine Hand über die

Armlehne seines Stuhls hängen, dann berührte er Lisas Hand.

War das nun Zufall oder Absicht?

Lisa schien die Berührung nicht zu merken oder sich keine Gedanken darüber zu machen. Kim dafür umso mehr. Beunruhigt hörte er wieder zu und suchte mühsam Anschluss an James' weitschweifige Erklärungen. Die zuverlässigste Methode, den Längengrad und damit den Standort eines Schiffs auf der Ost-West-Achse zu bestimmen, erläuterte dieser, war die sogenannte Monddistanz-Methode. Die Astronomen hatten sie entwickelt. Beiläufig ließ James einfließen, dass er mit ein paar Astronomen regelmäßig korrespondierte. Sogar mit dem berühmten Tobias Mayer, der für die Monddistanz-Methode die grundlegenden Berechnungen geliefert hatte. James sprach von den Astronomen wie von einer hehren Bruderschaft. Ihre Mitglieder hatten sich verschworen, zum Nutzen der gesamten Menschheit, die Seefahrer vom orientierungslosen Umherirren auf den Weltmeeren zu befreien. Denn das hatte allzu vielen Schiffen den Untergang beschert.

Jetzt ließ Dennis einen Anflug von Ungeduld erkennen, er begann zu zappeln und fragte nach, ob James auch selbst über die Monddistanz-Methode Bescheid wisse. Lisa wurde ärgerlich.

»Natürlich weiß James darüber Bescheid!«, sagte sie scharf. Sie schlug sich also ganz auf dessen Seite. Diesmal war es kein Zufall, als er ihre Hand kurz drückte, bevor er mit seinem Gerede fortfuhr. Der Kern der Methode war, die Entfernung des Mondes zur Sonne und anderen Sternen anhand von Winkelmessungen festzustellen und diese in die Längengrad-Positionen umzurechnen. Möglich war das durch ein neues Instrument, den Sextanten. James wies auf ein kompliziertes Gerät, das auf einem kleinen Tisch am Fenster lag.

»Mein Arbeitstisch«, sagte er stolz und es klang ganz so, als würde er hier selbst Navigation betreiben. Der Tisch war übersät mit vollgeschriebenen Papieren. Nach einer kurzen Pause, in der er liebevoll all diese Papiere musterte, sprach er weiter.

Für die eigentliche Rechnerei brauchte man umfangreiche Tabellen über die Bewegungen des Mondes, erklärte er. Der Mond umkreise regelmäßig in elliptischen Bahnen die Erde und zusammen mit der Erde die Sonne. Nur leiste er sich dummerweise über einen Zeitraum von achtzehn Jahren kleine Abweichungen. Diese musste man also im Voraus kennen. Mayer hatte die erste Tabelle erstellt, die diese Abweichungen im Zwölf-Stunden-Rhythmus über achtzehn Jahre angab. Und der Mathematiker Leonhard Euler hatte Gleichungen entwickelt,

die die Bewegungen von Sonne, Erde und Mond erfassten.
Es wurde noch komplizierter. Kim stöhnte innerlich auf. Denn ein Navigator, der auf dem Achterdeck stand, um den Mond anzupeilen, musste die sieben Meter, die das Achterdeck hoch war, mitberücksichtigen, ebenso die Brechung des Lichts am Horizont und ... und ... Entnervt schaltete Kim ab. Wozu sollte er sich das anhören? Es war klar, dass jemand, der die Monddistanz-Methode anwandte, außer großen Kenntnissen in Astronomie und Mathematik auch über eine fabelhafte Ausdauer verfügen musste. Die Berechnung des Längengrads, daran ließ James keinen Zweifel, dauerte Stunden. Und dieser Aufwand erfüllte ihn offensichtlich mit Ehrfurcht und Begeisterung.
Lisa war hingerissen, ob mehr von James selbst oder von dem, was er sagte, konnte Kim nicht beurteilen. Auf alle Fälle machte sie den Eindruck, alles verstanden zu haben, was er nun nicht behaupten konnte. Er zumindest hatte genug von der Monddistanz-Methode – und von James.
»Und Mr Harrison? Wie bestimmt er den Längengrad?«, warf er schließlich lässig ein.
James klappte den Mund zu und machte ihn dann unwillig wieder auf.

»Er nimmt eine Uhr«, sagte er in einem Ton, als wollte er ausspucken. »Verstehst du, Lionel?«, fuhr er erregt fort. »Es ist lächerlich! Harrisons Vater ist ein einfacher Uhrmacher, er hat nicht studiert, er weiß fast gar nichts. Und eigentlich ist er Tischler, er hat nicht einmal Uhrmacher gelernt. Und er will gegen die gelehrtesten Köpfe ganz Europas antreten.«

»Sag mal«, mischte sich Dennis ein, »die Bestimmung des Längengrads muss eine Menge Geld wert sein, wenn dadurch die Schifffahrt sicherer wird, oder nicht?«

»Ach, Geld«, winkte James ärgerlich, aber auch ein bisschen unsicher ab. »Was ist schon Geld gegen die wissenschaftliche Ehre?«

»Nun, ich hätte nichts gegen einen Haufen Geld«, sagte Dennis.

»Ist das eine besondere Uhr?«, warf Kim ein.

Endlich nahm Lisa Notiz von ihm. Und mehr als das. Seine Frage schien sie aufzurütteln. »Ja, was für eine Uhr ist das, mit der man den Längengrad messen kann? Ist sie etwas Besonderes?«

Großvater Kaos Uhr hatte bestimmt etwas mit Geographie, Astronomie und mit Zeit sowieso zu tun, daran musste wohl auch Lisa jetzt denken. Es konnte sogar sein, dass auf der Uhr die Längen- und Breitengrade ablesbar oder für eine Reise einstellbar waren. Bestimmt war es so! Zum ersten Mal kam Kim der Verdacht, dass diese Uhr wie ein denkendes Wesen eigene Absichten und Ziele verfolgte. Vielleicht war sie ja bewusst an diesen Ort gekommen?

»Harrison behauptet es jedenfalls. Aber alle Uhren haben einen grundlegenden Nachteil gegenüber dem Mond: Sie können stehen bleiben und auf See tun sie es nur allzu oft.«

»Tja, aber um auf deine Monddistanz-Methode zurückzukommen: Wie wendet man sie an, wenn der Mond gerade nicht scheint?«

James machte ein Gesicht, als hätte er in eine Zitrone gebissen. Anscheinend hatte Kim den einzigen schwachen Punkt bei der Monddistanz-Methode herausgefunden, auch wenn er sonst wenig davon begriffen hatte.

Dennis war aufgestanden und an eins der Fenster getreten, durch das nichts weiter zu sehen war als der grenzenlose Ozean, dessen mächtige Wellen unablässig gegen das Schiff heranrollten.

»Ich hätte nie den Mut, Seemann zu werden, egal welche Methode mir die Navigation erleichtert. Meer bleibt Meer und das hat keine Balken«, sagte er. »Wirst du Kapitän wie dein Vater, James?«

»Nein«, antwortete James brüsk.

»Du willst Astronom werden, stimmt's?«, fragte Lisa einschmeichelnd.

Er schaute sie wieder mit jenem besonderen, nur für sie bestimmten Lächeln an, bei dem es Kim kalt überlief. Merkte Lisa denn nicht, dass sie auf dem besten Weg war, sich zu verraten? So wie sie James' Lächeln erwiderte, verhielt sich kein Junge.

»Wenn ich Glück habe, verschafft mir Mr Maskelyne ein Stipendium für die Universität Cambridge, die er selbst besucht hat. Ich will nicht den größten Teil meines Lebens mit einer Bande ungehobelter Kerle, von denen die Hälfte aus Gefängnissen stammt und die andere eigentlich dorthin gehört, verbringen. Sie können keinen Satz beenden, ohne einen gotteslästerlichen Fluch nachzuschicken.«

»Ja«, hauchte Lisa sanft, »ich verabscheue das Fluchen auch.«

Dafür, dachte Kim, hatte sie es aber recht gut gekonnt, als sie mit den Matrosen zusammen beim Essen gesessen hatten.

»Ich nicht«, sagte Dennis fröhlich, »ich möchte es richtig lernen.«

Bevor Lisa etwas entgegnen konnte, schwang die Tür auf und Kapitän Digges schaute herein.

»James«, sagte er ruhig, »Mr Maskelyne ist da. Er fragt, ob du ihn für die nächste Mondbeobachtung aufs Achterdeck begleiten willst.«

»Sehr gern, Vater«, antwortete James erfreut und sprang auf. »Darf ich deinen Sextanten mitnehmen, um meine eigenen Beobachtungen anzustellen? Ich will sie mit denen von Mr Maskelyne vergleichen.« Er nahm das Gerät vom Tisch.

Sorgenvoll betrachtete der Kapitän erst seinen Sohn und dann den Sextanten. »Meinetwegen, aber du gehst vorsichtig damit um?«

Seine drei Besucher beachtete James nicht länger, nicht mal Lisa. Als hätte er sich mit ihr nur die Langeweile vertrieben. »Selbstverständlich, Vater.«

»Und, James«, hielt ihn Kapitän Digges noch einmal auf, »hast du Mrs Tinkle irgendwo gesehen?«

»Nein, Vater, ich habe keine Ahnung, wo sie sich rumtreibt.«

James verschwand. Kapitän Digges ging zum Fenster und schaute eine Weile schweigend hinaus. »Noch eine Stunde bis Sonnenaufgang«, sagte er schließlich. »Ich denke, ihr drei legt euch aufs Ohr, bis ihr zum Decksdienst antreten müsst. Maat Higgins soll euch ein Quartier besorgen.« Er drehte sich nicht um, sondern sprach weiter, den Blick aufs Wasser gerichtet. »Was meine Mannschaft betrifft, so sind die meisten ausgebildete Seeleute und nur fünf stammen aus dem Gefängnis. Und wenn sie fluchen, soll mir das recht sein. Besser sie machen sich mit einem saftigen

Fluch Luft, als dass sie mit dem Messer aufeinander losgehen.«

Kim forderte Lisa und Dennis mit einer Geste auf, mit ihm hinauszukommen. Er wollte Kapitän Digges mit seinem Kummer um seinen Sohn James, der sein Leben verabscheute, lieber allein lassen. Bestimmt fluchte der Kapitän jetzt leise und traurig vor sich hin.

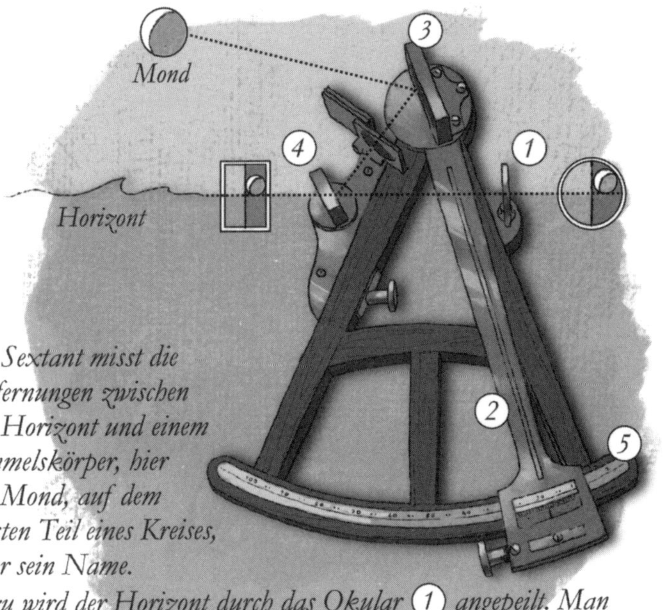

Der Sextant misst die Entfernungen zwischen dem Horizont und einem Himmelskörper, hier dem Mond, auf dem sechsten Teil eines Kreises, daher sein Name.
Dazu wird der Horizont durch das Okular (1) angepeilt. Man bewegt den schwenkbaren Arm (2) mit dem großen Spiegel (3), bis der Mond im kleinen Spiegel (4) erscheint. Der kleine Spiegel ist in der Mitte geteilt. Er gibt zur einen Hälfte den Blick auf den Horizont frei, zur anderen Hälfte reflektiert er das Bild des großen Spiegels. Der schwenkbare Arm wird weiter bewegt, bis der Mond im Okular den Horizont berührt. Der Gradbogen (5) zeigt jetzt den gesuchten Winkel.

Lebt Willie noch?

Die Luft draußen war schwer und dunstig, es machte richtig Mühe, sie einzuatmen. Als sie oben auf der Treppe standen, die zum Deck hinunterführte, schauderten sie alle drei im Wind. Und es wurde ihnen bewusst, wie klamm ihre Hemden und Hosen waren. In dieser Luft konnten sie nicht trocknen. Ein richtiger Film von Feuchtigkeit setzte sich sofort auf ihre Gesichter.

»Ihr glaubt gar nicht, wie mir vor Durst die Zunge am Gaumen klebt. Bei dem ganzen Wasser ringsum ist das noch unerträglicher«, sagte Lisa gedämpft, schluckte krampfhaft und fuhr dann fort: »Habt ihr gehört, was Kapitän Digges gesagt hat? Es muss eine Frau an Bord geben.«

»Eine, die verschwunden ist. Wer weiß, was die Matrosen mit ihr angestellt haben. Vielleicht schwimmt sie schon im Meer«, sagte Dennis, nicht ohne sich angenehm zu gruseln.

»Dann bin ich wahrscheinlich die Nächste«, sagte Lisa und stöhnte auf.

»Bestimmt –, falls du James weiter anhimmelst und dich damit selbst in die Patsche reitest«, gab Dennis gleichmütig zurück.

Nach einem Blick in Lisas Gesicht verzichtete Kim klugerweise darauf, Dennis recht zu geben. Lisa hatte schon verstanden.

»Dummkopf«, fauchte sie.

»Fluch du nur ruhig, das erleichtert«, hänselte Dennis.

»Ich fluche nicht«, behauptete Lisa, »ich sage nur die Wahrheit.« Dann sagte sie erst einmal nichts mehr.

Sie waren am Fuß der Treppe angekommen und schauten hoch. Ganz oben auf der Plattform über dem Achterdeck konnten sie Mr Maskelyne und James erkennen. Beide hielten Sextanten in der Hand und richteten sie auf den Mond. Immer wieder verdeckten ihn Wolken, aber wenn er hinter ihnen hervortrat, ließ er das Meer silbrig aufglänzen. Es leuchtete wie von innen. Die Wogen mit ihren kleinen weißen Schaumkronen rollten jetzt glatter und flacher heran und hoben das Schiff in einer sanften Wiegebewegung. Einige der gerefften Segel waren wieder gesetzt worden und blähten sich jetzt stetig im Wind.

»Da macht das Segeln schon mehr Spaß«, sagte Dennis und gab damit nur unvollkommen die verzauberte Stimmung wieder, die alle unversehens erfasst hatte. Sie tra-

ten backbords an die Reling heran. »Was ist das?« Dennis deutete aufgeregt auf einen dunklen Schatten.
Ein lang gestreckter glatter Rücken erschien in den Wellen, verschwand wieder und dann hob sich eine gigantische Flosse aus dem Meer und schlug das Wasser zu Gischt.
»Ein Wal, das ist eine Walfluke«, sagte Kim leise, »der Wal grüßt das Schiff.«
»Das ist wunderbar«, flüsterte Lisa ergriffen.
Sie waren nicht allein an Deck. Ein paar Matrosen machten sich gegenseitig auf den Wal aufmerksam, aber viel Interesse zeigten sie nicht an dem Tier und wandten sich wieder ihrer Arbeit zu. Eine große Luke stand offen und an einem Flaschenzug wurden Ballen herauf- oder heruntergelassen. Maat Higgins gab die Kommandos. Als Kim ihm sagte, dass er ihnen ein Quartier anweisen sollte, grunzte er nur und versuchte sie mit einer Handbewegung wegzuscheuchen. Kim blieb aber stehen.
»Später«, knurrte Higgins, »du siehst doch, dass ich beschäftigt bin. Ich muss die ruhige See ausnutzen, um was von der Ladung umzuschichten, und außerdem müssen alle Decks kontrolliert werden. Wenn ihr euch nicht nützlich machen, sondern lieber aufs Ohr hauen wollt, schaut nach, ob im Heck oder im Bug eine Koje frei ist. Und jetzt weg hier, zum Teufel noch mal, und unter-

steht euch, euch auf den Unterdecks rumzutreiben. Ich will euch nicht vor den Füßen haben. He, du Dusseltier, sei vorsichtig!«, schrie er einen der Matrosen an.

Von den Unterdecks drang dumpf ein Rumpeln und Scharren herauf.

»Weißt du, was das heißt?«, fragte Lisa beklommen und zog Kim zur Seite.

»Ja«, sagte er nur, »wir müssen zu Willie. Lasst uns sehen, ob die kleine Luke vorn jetzt offen ist.«

Erst mussten sie am Hauptmast vorbei, dann gingen sie um die Boote herum. Eine abgeschirmte Laterne stand unter dem Bug des großen Boots und darum herum saßen drei Männer und aßen schmatzend. Kim, Lisa und Dennis waren so leise herangekommen, dass die Männer sie noch nicht entdeckt hatten. Einer hielt einen Schlegel in der Hand, von dem ein schwacher Bratenduft ausging. Dennis schluckte hörbar. Instinktiv duckten sich die drei. Das Ganze sah zu sehr nach einer verbotenen heimlichen Mahlzeit aus. Was mochten die Männer essen? Es gab doch gar keine Tiere mehr an Bord, die man hätte braten können.

Eine Erkenntnis überflutete Kim, die gleichzeitig auch Lisa überfallen haben musste, denn sie stieß einen Jammerlaut aus. Wie ein klägliches Winseln. Aber schon hatte Kim sie gepackt und zurück hinter das Boot gezerrt.

»Was war das?«, fragte einer der Männer aufgeschreckt.
»Ich schau nach«, sagte ein anderer.
Kim dachte an das Messer, das jeder der Matrosen bei sich trug. Ein spitzes, scharf geschliffenes Messer. Seine Besorgnis brauchte er den beiden anderen nicht mitzuteilen, sie liefen geduckt davon und suchten Deckung hinter einer riesigen Taurolle.
Lisa versuchte das Würgen, das sie befallen hatte, unter Kontrolle zu bringen. Kim fühlte nur ein grenzenloses Schuldbewusstsein, denn schließlich hatte er doch immer wieder darauf bestanden, dass sie Willie unten in der Kiste ließen. Allein.
»Wir hätten es wissen müssen«, wimmerte Dennis, »in China essen sie Hunde, das hast du uns mal gesagt. Und diese Männer …«
»Hör auf«, stieß Lisa hervor, »halt bloß den Mund! Wenn du noch ein Wort sagst …« Sie brach in heftiges Schluchzen aus und versuchte dennoch es zu ersticken. Aber sie bekam keine Luft mehr, krümmte sich und sackte immer mehr zusammen.
»Was machen wir mit ihr?«, fragte Dennis mit zittriger Stimme. Ihn entsetzte Willies Ende in den Mägen hungriger Matrosen nicht weniger als seine Schwester. Nur mit Mühe gelang es ihm, nicht gleichfalls in Tränen auszubrechen.

»Deshalb wolltest du nicht, dass wir Willie heraufholen«, fuhr er jammernd fort. »Das war doch der Grund, nicht wahr, Kim? Sonst hätten sie ihn schon früher geschnappt und geschlachtet.«

In Gedanken stieß Kim die schlimmsten Verwünschungen aus, die die chinesische Sprache kannte, um sich selbst zu verfluchen. Warum war er so nachlässig gewesen? Weil für viele Chinesen ein Hund etwas Essbares ist? Du hast Willie nie voll als Freund oder Gefährten akzeptiert, schimpfte er mit sich selbst, du bist ein Dreckschwein, ein ...

»Kim?«, fragte Dennis kläglich.

Sie konnten nicht hierbleiben und sie durften Lisa nicht in diesem elenden Zustand lassen.

»Wir bringen Lisa zu Mr Harrison und erzählen ihm die ganze Geschichte. Vielleicht hätten wir ihm schon vorher etwas über Willie sagen sollen.«

Erst nach einer ganzen Weile war Lisa imstande, aufzustehen und mit ihnen zu kommen. In ihrer schlechten Verfassung konnte sie nur vorwärtsschlurfen. Aber als sie das Heck erreicht hatten, schüttelte sie Dennis und Kim, die sie untergehakt hatten, ab. »Ich kann allein weiter. Ihr müsst runter und nach der Uhr sehen. Wir brauchen Gewissheit.« Wahrscheinlich sprach sie extra nicht von der Gewissheit über Willies Schicksal.

Kim und Dennis warteten, bis Lisa mit tief und kummervoll gesenktem Kopf die Treppe hinauf verschwunden war. Lisas Traurigkeit lastete ungeheuer schwer auf den beiden.

»Bevor wir nach unten gehen, muss ich noch woanders hin«, sagte Dennis gepresst. »Ich kann's nicht mehr halten. Die ganze Zeit schon rumort es in meinem Bauch. Komm hier lang, ich war schon mal da.«

Ziemlich verwundert folgte Kim Dennis den Flur entlang an der Kombüse und dem Raum vorbei, wo die Matrosen der Steuerbordwache gegessen hatten.

»Hier liegen die Kranken.« Dennis deutete auf eine offene Tür. Den Hinweis hätte er sich sparen können. Nur undeutlich waren die Gestalten zu sehen, die sich in den engen Kojen mit schrecklichen Schmerzen herumwälzten. Aber ihr unablässiges Stöhnen war umso klarer zu vernehmen. Und es drang ein betäubender Gestank aus dem Krankenquartier. Es roch wirklich, als würden die Männer bei lebendigem Leib verfaulen.

Einer rief nach Wasser, er musste sie bemerkt haben. Es war nicht leicht, sich einfach an der furchtbaren Kammer vorbeizustehlen, ohne auf die Rufe zu reagieren.

Als Abtritt diente die schmale, offene Galerie am Heck, unterhalb der Galerie vor der Kapitänskajüte. Statt Kloschüsseln gab es ein langes Sitzbrett mit großen Löchern, unter denen das Meer schwappte. Eine ganz praktische, wenn auch zugige Einrichtung. Noch von dem Stöhnen der Kranken bedrückt, hatte Dennis Kim rasch die Lokalität erklärt und öffnete eine Tür, die auf die Galerie hinausführte. Die Klinke in der Hand, blieb er stehen, lauschte einen Moment und trat einen Schritt zurück.

»James und Mr Maskelyne. Ich warte lieber, ich möchte nicht in ihrer Gegenwart schei…«, wisperte Dennis kaum hörbar.

Kim war neugierig geworden. Er schob Dennis nach vorn und lugte über seine Schulter hinweg.

Zwei Gestalten hockten auf dem Brett. Sie waren nicht eindeutig zu erkennen, aber ihre Stimmen drangen bis zu Kim und Dennis, und zwar erstaunlich klar.

»Ich habe es Ihnen doch schon gesagt, ich weiß, wie ich an die Uhr herankomme«, sagte James. »Überlassen Sie das mir. Sie brauchen mir nur Ihren Schlüssel zu geben und mir den Rücken frei zu halten.«

»Ich weiß nicht so recht, die Sache liegt mir eigentlich nicht«, wandte Mr Maskelyne ein.

»Auf einmal? Ich dachte, wir waren uns einig. Was gibt es da jetzt noch zu überlegen?«

»Ich denke an den Zwischenfall mit Jim Simmons.«

James wurde ärgerlich. »Das war ein Unfall.«

»Tatsächlich?«

»Jim war ein unvorsichtiger, allzu neugieriger Bursche, das sollte Ihnen genügen. Aber was nun Harrison betrifft: Sie wollen sich doch nicht den Ertrag Ihrer jahrelangen Arbeit und der anderer Astronomen von einem Uhrmacher streitig machen lassen?«

Maskelyne näselte, das war auch hier unverkennbar. Und James hatte eine Stimme, als hätte er sich nie von einer Erkältung erholt, tief und rau, eine wirklich hässliche Stimme. Die beiden unterhielten sich im Flüsterton und doch gut verständlich. Wahrscheinlich dachten sie nicht daran, dass über dem Wasser der Schall so gut trug.

»Nein«, sagt Mr Maskelyne zögernd. »Das wäre ja eine Sünde gegenüber anderen Kollegen wie Mr Mayer. Er vertraut ganz auf mich.«

»Sehen Sie, Sie haben eine Verpflichtung. Und wenn ich die Sache für Sie erledigt habe, werden Sie sich daran erinnern, was Sie mir versprochen haben?«

Dennis zog Kim in den Gang zurück.

»Lass uns lieber abhauen«, nuschelte er.

»Und was ist mit …?«

Dennis war nicht aufzuhalten. »Ich verkneif's mir oder ich such mir eine Tonne oder Kiste, hinter die ich …«

Eine Uhr für den Längengrad

Maskelyne ist ein Halunke! Dabei sieht er überhaupt nicht danach aus. Eher wie ein Sargträger in den schwarzen Klamotten«, fuhr Dennis fort, während sie hastig den Flur entlang zurückgingen.

Kim hätte Dennis darauf hinweisen können, dass es auch unter Sargträgern Halunken geben konnte. Und er nahm an, dass sich Dennis scheute, etwas Nachteiliges über James zu äußern, weil dieser ihm das Leben gerettet hatte. Dabei schien Kim, dass James der größere Schurke war. Maskelyne hatte ja noch Skrupel. Konnte James etwas mit dem Tod von Jim Simmons zu tun haben?

Auf alle Fälle musste er sich ihm gegenüber nicht mehr klein und schäbig vorkommen. Darüber hätte sich Kim richtig gefreut, wenn es nicht um eine Uhr gegangen wäre. Denn beim Thema Uhr reagierte er empfindlich.

Ungehindert gelangten sie zur Luke, fanden sie offen und stiegen ein. Sofort war ihnen klar, dass sie sich nicht allein im Schiffsbauch befanden. Darauf verwiesen das Rumpeln und die Stimmen von Seeleuten, die sich etwas zuriefen. Aber keiner von den beiden dachte daran, umzukehren. Sie wussten nur zu genau, dass sie Lisa nicht unter die Augen treten durften, ohne Sicherheit über Willies Schicksal erlangt zu haben. Dabei, überlegte Kim, was war schon bewiesen, wenn sie die Kiste leer vorfanden?

Im vorderen Teil des untersten Decks herrschte Stille, zumindest war hier noch keine Aufräumaktion in Gang. Aber vielleicht war sie auch schon vorbei. Denn der Lagerraum, in dem sich die Kiste mit Willie befand, sah verändert aus. Zwischen den aufgetürmten Kisten und Fässern schien es kein Durchkommen mehr zu geben und sie waren alle sorgfältig durch Taue gesichert. Dennis kroch über die Hindernisse voran, wobei er die ganze Zeit vor Anstrengung stöhnte.

»Kannst du noch ein bisschen lauter sein? Es hat dich bestimmt noch nicht jeder gehört, der unten im Schiff herumstolpert«, sagte Kim ärgerlich und bereute es sofort.

»Tut mir leid«, sagte Dennis beschämt und krabbelte hinunter auf die Planken.

Die Kiste stand vor ihnen.

»Öffne du sie«, forderte Dennis, »ich bringe es nicht fertig.«

Von der heftigen Erinnerung an die Matrosen überwältigt, die gierig gebratene Hundebeine abnagten, zauderte Kim zunächst ebenfalls. Er musste sich regelrecht zusammenreißen, um die Seitenwand aufzuhaken und herunterzuklappen.
Die Fässer hinter ihnen schirmten die Kiste so gut wie vollständig von dem bisschen Licht ab, das durch die große Ladeluke selbst bis in diese Ecke drang.
»Was ist?«, fragte Dennis ungeduldig. »Nun sag's schon. Ist sie leer?«
Wirklich leer hieße, dass auch die Uhr verschwunden war, aber das befürchtete Kim ja ohnehin. Schwerfällig vor lauter unguter Erwartung, ließ er sich auf die Knie nieder und tastete mit einer Hand das Stroh in der Kiste ab. Es raschelte unter seinen Fingern und ein modriger Geruch erreichte ihn.
Sie hätten Willie nicht in der Kiste lassen sollen, fuhr ihm zum tausendsten Mal durch den Kopf. Das Bedauern vernebelte beinahe seine Wahrnehmung, denn auf einmal meinte er Fell unter den Fingern zu spüren.
Genauer gesagt, eine Hundepfote.
Wahrscheinlich hatten die Hundeschlächter die Pfoten nicht mitessen wollen, deshalb hatten sie sie abgehackt und zurückgelassen.
Die Pfote fühlte sich klamm und tot an.

Nur dass sie leicht zitterte. Oder sich sacht bewegte. Aber vermutlich war das eine Sinnestäuschung, hervorgerufen durch inständige Wünsche.

An der Pfote hing noch etwas dran.

Der ganze Willie.

Kim konnte es erst gar nicht glauben.

Und was das Unerhörteste überhaupt war: Willie lebte. Denn die Pfote zuckte wieder.

»Willie?«, rief Kim gedämpft und drückte behutsam die Pfote.

Von Willie kam keine Antwort, dafür stöhnte Dennis auf. »Heißt das, heißt das etwa ...?«, stotterte er vor lauter Aufregung.

Jemand leuchtete von hinten mit einer Laterne.

»Das möchte ich allerdings auch wissen, was das heißt«, sagte Mr Seward. »Habt ihr in der Kiste eure Geheimvorräte? Rückt alles heraus!«, bellte er. In seiner Hand wirbelte der Knüppel.

Hinter ihm erschien ein Matrose. »Haben wir die Ratten erwischt?«, fragte er hochzufrieden.

»Lenk sie ab«, knurrte Kim und schob sich mit dem Oberkörper in die Kiste. Wie von fern hörte er Dennis zetern, flehen und alle möglichen Beteuerungen abgeben. Er schlang die Arme um Willie, hob ihn hoch und stopfte sich das schlaffe Tier vorne ins Hemd.

»Und jetzt raus!« Wie gern hätte Kim noch nach der Uhr gefahndet, aber Mr Seward begann gerade über die Fässer zu steigen, die als Hindernis zwischen ihm und der Kiste aufragten.
Dennis kam Kim nach und redete rückwärtsgewandt weiter auf die Seeleute ein, während sie einen Gang entlanghasteten, der so schmal war, dass Dennis eigentlich hätte stecken bleiben müssen. Und der vierschrötige Mr Seward auch. Vielleicht war das ihre Chance, zu entkommen.
»Bleibt stehen, ihr Kanaillen!«, schrie der Steuermann.
Dennis kippte ein Fass um und versperrte sich selbst damit den Weg. Kim hörte das Gepolter hinter sich, sah zurück, langte zu und zerrte Dennis mit beiden Händen über das Hindernis.
Fluchend folgten ihnen die Männer, hatten aber Schwierigkeiten, sie einzuholen. Das gelang ihnen erst an der Treppe. Dennis wollte sich ihnen entgegenstellen, aber Kim gab ihm einen Stoß ins Kreuz.
»Rauf mit dir!«
Als er sich umwandte, wurde er von zwei Seiten angegriffen. Der eine Matrose holte mit seinem Messer aus und Mr Seward schwang seinen Knüppel. Beide mussten sich ihrer Sache sehr sicher sein, denn sie bewegten sich allzu siegesgewiss – und zu langsam. Kim hatte Zeit, sich auf den Hacken umzudrehen, einen Arm um das Bündel in

seinem Hemd geschlungen. Es sah ganz so aus, als würde er das Gleichgewicht verlieren. Ein verängstigter Junge, der bei dem Versuch, über die Treppe zu entkommen, stolperte.

Mit einer Handkante erwischte er den Messergriff, mit dem Fuß traf er Seward unterhalb einer Rippe, sodass dieser zusammenklappte, ohne zu begreifen, was geschehen war. Seward fiel die Laterne aus der Hand und er fluchte mordsmäßig, während sich ein alarmierender Gestank nach heißem, vergossenem Lampenöl ausbreitete. Nur zu leicht konnte es einen Brand entfachen.

Dennis war als Erster an Deck und streckte Kim die Hände entgegen, aber dieser benötigte keine Hilfe.

»Wohin?«, fragte Dennis aufgeregt.

»Zu Mr Harrison, vielleicht ist Willie bei ihm in Sicherheit, sonst fällt mir auch nichts ein.« Die kleine enge Kabine des Uhrmachers erschien Kim mehr als vorher wie ein Zufluchtsort – der einzige auf diesem Schiff.

Ihr Vorsprung war so groß, dass sie die Kabine sicher erreichten. Lisa lag in der Koje, den Kopf im Kissen vergraben, während Mr Harrison ihr hilflos die Schulter tätschelte und tröstlich vor sich hin brummte.

Sobald Dennis die Tür hinter ihnen geschlossen hatte, holte Kim Willie hervor und setzte sich mit ihm auf den

Rand der Koje. Licht fiel durch das Fenster herein und ließ Willie nicht sehr lebendig aussehen.
Lisa wandte den Kopf und blinzelte, die Augen vom Weinen verschwollen.
»Er lebt«, sagte Kim ruhig. »Willie lebt.«
Als ob er ihn verstanden hätte und sich nun verpflichtet fühlte, als Beweis ein Lebenszeichen von sich zu geben, seufzte Willie, öffnete zögernd ein Auge und schloss es wieder. Lisa setzte sich auf, nahm ihren Hund in die Arme und begann ihn zu wiegen. Dennis sah ihr eine Weile zu und wandte sich dann an Mr Harrison.
»Wenn die Matrosen nicht ihn gegessen haben, was dann?«
Mr Harrison kratzte sich hinter dem Ohr, er hatte seine Perücke wieder abgesetzt.
»Eine Ratte?«
Lisa schauderte. »Keine Ratte. Dafür war das Bein, das der eine in der Hand hatte, zu groß, Mr Harrison.«
»Tja, dann fällt mir nur noch Mrs Tinkle ein.«
»Mrs Tinkle? Für eine Mrs Tinkle war das Bein nicht groß genug«, sagte Dennis entsetzt.
»Für diese vielleicht doch. Mrs Tinkle ist oder vielmehr war die Schiffskatze. Und es wird Kapitän Digges gar nicht freuen, dass die Matrosen sie verspeist haben, denn er hing an ihr.«

Kim, Dennis und Lisa konnten ihre Erleichterung nicht mehr länger verhehlen. Vor allem Lisa lächelte Kim mit schwimmendem Blick an, sodass ihm warm ums Herz wurde.

Das Schicksal der Schiffskatze, die sie nicht gekannt hatten, war ihnen nicht ganz gleichgültig, aber viel wichtiger war es, Willie endlich bei sich zu haben, und zwar lebend. Wenn auch nicht in bester Verfassung.

Mr Harrison fuhr ihm behutsam übers Fell und anschließend über Schnauze und Nase.

»Zu trocken«, sagte er und stand auf.

»Mr Harrison«, rief Lisa ängstlich, »ich glaube nicht, dass fauliges Wasser für Willie das Richtige ist!«

»Ich hab was Besseres«, sagte Mr Harrison.

»Auch kein Rum«, brummte Dennis, »besoffen zu sein, wäre auch nicht gut für Willie.«

Mr Harrison öffnete eine Klappe zu einem Staufach in der Wand und holte einen kleinen Tontopf heraus.

»Regenwasser«, sagte er andächtig, »ich war im Sturm draußen, um es aufzufangen.«

Es war nicht ganz leicht gewesen. Er hatte sich mit einer Hand an die Treppenbrüstung geklammert, mit der anderen den Topf hochgehalten und die ganze Zeit Angst gehabt, vom Sturm aufs Deck geschleudert zu werden.

Und jetzt opferte er ohne zu zögern das Regenwasser für Willie. Zunächst befeuchtete er Willies Schnauze und wartete, bis der Hund die Feuchtigkeit ableckte. Danach goss er Lisa etwas Wasser in die Hand und es dauerte nicht lange, da schlabberte Willie es auf.

»Ich glaube, jetzt haben Sie ihm wirklich das Leben gerettet, Mr Harrison«, erklärte Lisa feierlich, »und dabei fällt mir etwas anderes ein: Ich habe mich nicht bei Ihnen dafür bedankt, dass Sie bei Mr Seward für Dennis eingetreten sind.«

Verlegen kratzte sich Mr Harrison wieder, es schien eine schlechte Angewohnheit zu sein.

»Könntet ihr mir einen Gefallen tun? Sagt bitte William zu mir. Wenn ihr dauernd Mr Harrison sagt, komme ich mir so alt vor und das bin ich gar nicht.« Er grinste entwaffnend.

Das Wasser reichte sogar, um jedem einen Schluck zu gönnen. Kim behielt ihn eine Weile im Mund, um das köstliche Gefühl noch etwas länger zu genießen. Weiches, frisches Wasser, das schwach säuerlich nach Ton schmeckte. Eine einzige Wohltat, mit sonst nichts auf der Welt zu vergleichen.

Dann sprachen sie noch einmal über Mrs Tinkle.

William lobte sie als große Mäuse- und Rattenfängerin. Er zeigte mit beiden Händen, wie ungeheuer groß einige

Exemplare gewesen waren, die sie erbeutet hatte. Manchmal hatte sie ein besonders fettes Kapitän Digges vor die Kajütentür gelegt. Als Zeichen ihrer Wertschätzung. Denn sie war sehr scheu gewesen und hatte nur zum Kapitän Zutrauen gehabt.

»Gibt es viele Ratten und Mäuse auf diesem Schiff?«, fragte Lisa.

William nickte.

»Sie sind eine der großen Plagen der Seefahrt. Und falls ihr euch fragt, wie sie an Bord kommen, schließlich ist niemand so dumm, sie mitzubringen: Es passiert in den Häfen beim Be- und Entladen. Nachts laufen sie über die Taue, mit denen die Schiffe am Kai festgemacht sind, und fallen über den Proviant her. Nach einer Woche gibt es kein Getreide mehr, in dem man nicht Mäuseköttel findet.«

Lisa schob einen Hemdsärmel hoch und besah sich ihre Haut.»Das ist sicher ärger als die Mückenstiche, die ich habe.« Sie begann sich zu kratzen.

»Mücken?«, wiederholte William erstaunt und grinste. »Die gibt es auf See nicht. Nein, die Stiche kommen von den Bettwanzen.«

Wenn nicht von Flöhen, dachte Kim, den das Thema Ungeziefer nicht interessierte. Unter Williams Truhe am Fenster hausten Kakerlaken. Schon mehrfach war eine kleine Kolonne hervorgekrochen und hatte sich eilig davongemacht, darin sah er nichts besonders Schlimmes. In den alten Vierteln von Shanghai und auf dem Land ging man auch gelassen mit Ungeziefer um. Man machte sich deswegen nicht verrückt wie die Europäer. Lisa kratzte sich jetzt wie besessen und saß auf der Koje wie auf einer heißen Herdplatte.

Kim dachte noch einmal über Mrs Tinkle nach und die Augen auf dem Fass, die sie gleich nach ihrer Ankunft auf dem Schiff entdeckt hatten. Wahrscheinlich war Mrs Tinkle gerade auf der Jagd gewesen und hatte sich von ihnen gestört gefühlt. Das passte. Und ziemlich sicher war er, die Katze gesehen zu haben, als sie erstmals an Deck gekommen waren. Etwas Graues war an ihnen vorbeigehuscht.

Aber da war auch noch dieses seltsame Pfeifen. Und der Apfelschnitz bei Willie in der Kiste. Auch wenn Mrs Tinkle den Kapitän mit frisch gefangenen Ratten beglückte, hieß das noch lange nicht, dass sie einem Hund getrocknete Äpfel brachte. Irgendetwas stimmte da nicht.

Als nach einer Stunde noch niemand an die Tür geschlagen hatte, auf der Suche nach jugendlichen Proviantdieben, entspannten sich die vier in der Kabine.

William hatte etwas Schiffszwieback hervorgekramt und ihnen angeboten, aber sie verzichteten wegen des Schim-

melgeruchs darauf und sahen zu, wie William fleißig die Maden herausklopfte.
»Bist du früher schon zur See gefahren?«, fragte Lisa.
»Nein, und ich hoffe, dass die Reise so ein Erfolg für meinen Vater und mich ist, dass ich es auch nie mehr brauche. Eine Reise über den Ozean ist für mein ganzes Leben genug. Schließlich bin ich Uhrmacher.«
»Und du und dein Vater, ihr habt eine Methode gefunden, den Längengrad mit einer Uhr zu bestimmen?«, fragte Dennis.
»Nicht mit einer Uhr«, widersprach William lebhaft, »mit *der* Uhr. Interessiert euch das?«, fragte er zweifelnd.
»Brennend«, sagte Lisa. Sie gähnte und vergrub ihr Gesicht, das alle Anzeichen von Erschöpfung zeigte, in Willies Fell. Wahrscheinlich wirkten jetzt die letzten Aufregungen erst richtig nach. Und geschlafen hatte sie sicher auch kaum mehr als drei Stunden.
»Bestimmt?«, fragte William noch einmal.
»Aber ja«, sagte Kim höflich. Er hoffte und fürchtete zugleich, dass William ausführlich über die Uhr sprechen würde: über Großvater Kaos Uhr. Oder sollte es auf der Welt eine zweite geben, die man als *die Uhr* bezeichnen konnte?
Zunächst erklärte William, dass die Methode mit der Uhr überhaupt nicht neu und auch keine Erfindung seines

Vaters sei. Das machte die Sache ziemlich unspannend. Und dann holte er wie James groß aus und sprach über Längen- und Breitengrade, sodass auch Dennis verstohlen zu gähnen begann. Aber danach wurde die Sache doch noch interessant. Wo sie an sich so einfach war.

Um den Längengrad festzustellen, brauchte man nicht mehr als zwei Uhren. Die eine stellte man bei der Abfahrt auf die Zeit des Heimathafens, zum Beispiel Southampton ein. Die andere auf die jeweilige Zeit an Bord.

»Jeweilige Zeit an Bord?«, echote Dennis.

»Die Sonne wandert an einem Tag, das heißt in vierundzwanzig Stunden, auf der Ost-West-Achse einmal rund um die Erde. Jedenfalls sieht es für uns so aus. Und egal, wo sich ein Schiff gerade befindet, wenn die Sonne den höchsten Punkt erreicht hat, ist es genau zwölf Uhr.«

»Zum Beispiel auf dem Weg von Southampton nach Jamaika, von Osten immer in Richtung Westen«, warf Kim ein und betete darum, dass William endlich auf die Uhr zu sprechen kam.

»Stimmt«, sagte William, »du hast recht. Wenn du also in Southampton um zwölf Uhr losgefahren bist und nach einer Stunde die Zeit anhand der Sonne feststellst und es auch wieder zwölf Uhr ist, ist es in Southampton bereits eins. Du hast eine Stunde Unterschied. Und wenn du die jetzt in Entfernung oder Längen umrechnest …«

»Dreihundertsechzig Grad«, fiel ihm Kim lebhaft ins Wort. »Der Erdumfang beträgt dreihundertsechzig Grad, und das bedeutet, das Schiff ist fünfzehn Grad weitergekommen.«

Lisa hatte sich aufgerichtet und streichelte mechanisch Willies Fell, während sie Kim verwundert musterte.

»Du hast das verstanden?«, murmelte sie.

»Oh ja, das hat er«, sagte William strahlend, »es ist ja auch so einfach! Fünfzehn Grad, die ein Schiff auf dem Äquator zurücklegt, ergeben hundertelf Kilometer. Einen Breitengrad nördlicher oder südlicher wären es weniger. Das heißt, wenn man den Breitengrad mit einrechnet, erhält man anhand des Zeitunterschieds die genaue Position des Schiffs. Deshalb kann ich auch so sicher behaupten, dass wir heute noch Port Royal auf Jamaika erreichen, daran besteht für mich gar kein Zweifel.«

William schwieg. Er hatte sich hingesetzt und betrachtete sie alle drei triumphierend.

»Und wo ist jetzt das Problem?«, nahm Dennis das Gespräch wieder auf. »Nach der Methode müsste doch jedes Schiff sein Ziel erreichen.«

William legte den Kopf schief und grinste verschmitzt. »Ja?«

»Die Uhr ist der Knackpunkt, stimmt's?«, sagte Kim und sah William hoffnungsvoll an.

Draußen begann die Schiffsglocke wieder zu läuten. Alle horchten auf.

»Was hat das diesmal zu bedeuten?«, fragte Dennis. »Segel setzen?«

»Das ist doch egal«, fuhr ihn Kim an. »Erzähl von der Uhr, William.«

»Ich glaube, wir *müssen* alle sofort an Deck kommen«, murmelte William unschlüssig.

Jemand brüllte Befehle, sie hörten Männer herumrennen und laut rufen.

»Bitte, William, erzähl uns von der Uhr«, drängte Kim noch einmal.

Nachdem William sich gerade erst erhoben hatte, ließ er sich zurück auf seinen Stuhl sinken, hockte sich aber nur auf die Kante.

»Das Problem waren wirklich die Uhren ...«, begann er leise.

Die Pendel gerieten auf hoher See völlig außer Kontrolle, erzählte er. Und das Öl, das die Uhren für den reibungslosen Gang brauchten, wurde bei den häufigen Temperaturschwankungen zähflüssig und die Metallteile dehnten sich bei Hitze unmerklich aus oder zogen sich bei Kälte zusammen. Wenn die Uhren überhaupt noch gingen, gingen sie falsch. Es gab keine zuverlässige Uhr, die man auf eine Seereise mitnehmen konnte.

Bis John Harrison seinen ersten Chronometer gebaut hatte, das war 1735, vor fast dreißig Jahren. Die Uhr war ein Klotz von 35 Kilo Gewicht in einem Gehäuse von einem Meter zwanzig Kantenlänge. Aber John Harrison hatte sie nach ganz neuen Prinzipien konstruiert und sie bewies auf einer Fahrt nach Lissabon, dass sie allen Anforderungen einer Seereise gerecht wurde. Williams Vater war dennoch nicht zufrieden. Er baute drei weitere Uhren, jede etwas kleiner und perfekter als die vorherige. Und die, die nun die Reise nach Jamaika mitmachte, war die beste von allen, die er deshalb nur *»die Uhr«* nannte, das Meisterwerk. Sie würde den Preis gewinnen.

»Welchen Preis?«, frage Dennis begierig.

Aber jetzt stand William endgültig auf. »Wir müssen an Deck, es hilft nichts. Wer weiß, was draußen los ist.«

Die Schiffsglocke bimmelte immer noch. Erst wollte Lisa zurückbleiben, aber dann kam sie doch mit, nachdem sie Willie in Williams Decke gewickelt in der Koje gelassen hatte. William schob den Fensterladen vor, um die Kabine abzudunkeln. Der kleine Hund schlief sofort ein.

Mr Seward schwingt die Peitsche

Als die Glocke verstummte, war es an Deck so ruhig wie bei ihrer Ankunft. Es herrschte eine geradezu beklemmende Stille. Etwas Unheimliches lag in der Luft. Und dann hörten sie den ersten Schmerzensschrei.

Jemand hörte nicht mehr auf zu schreien.

Angsterfüllt näherten sie sich.

Der Mann mit den blutigen Zahnstümpfen war an den Mast gebunden, sein Hemd bis auf die Hüften heruntergezogen.

Mr Seward schwang eine Peitsche und ließ sie auf den nackten Rücken des Mannes klatschen. Erst zeigten sich rote, dann blutige Striemen, immer gleich neun auf einmal. Denn die Peitsche bestand aus neun geflochtenen Lederriemen.

Die ganze Mannschaft war angetreten und wohnte der Auspeitschung bei. Einige Männer feixten schadenfroh, aber die meisten wirkten betroffen. Kapitän Digges sah

man nicht an, was er dachte, seine Miene erschien undurchdringlich.
William zwängte sich bis zu ihm durch, Kim, Dennis und Lisa im Schlepptau.
Der Kapitän wandte sich ihm zu. »Sie haben die Schiffskatze gegessen – Mrs Tinkle. Er und die beiden da.« Er wies auf zwei Männer, die mit auf dem Rücken zusammengebundenen Händen nicht weit von ihnen an der Reling standen.
James war auch da, hatte sich aber so gestellt, dass er die Bestrafung nicht sehen musste. Mr Maskelyne stand neben ihm. Ihn kümmerte das Ganze überhaupt nicht. Mit gerunzelter Stirn studierte er ein Blatt in seiner Hand und versuchte sich mit einem Bleistift Notizen zu machen. Wenn er überhaupt mal aufschaute, sah er kalt und gleichgültig über die ganze Versammlung hinweg. Die Schmerzensschreie des Matrosen schienen nur seine Konzentration zu stören.
»Können wir wieder gehen? Ich lege keinen Wert darauf, mir das anzusehen«, sagte Lisa zu Kim, versuchte aber, James' Blick einzufangen.
»Niemand geht«, knurrte Kapitän Digges, »bei einer Bestrafung haben alle anwesend zu sein. Alle sollen Zeuge sein, dass eine Verletzung der Regeln an Bord Konsequenzen hat.«

Während Kim noch über die Regeln nachgrübelte, bemerkte ihn der Steuermann und ein höhnisches Lächeln glitt über sein Gesicht. Beim nächsten Mal holte er besonders weit aus und ließ die Peitsche mit voller Kraft niedersausen. Der Zahnlose schrie erbärmlich.

Kim hatte verstanden. Seward wollte sich auch ihn vornehmen. Später, nach den drei schon Verurteilten. Sehr vorsichtig begann Kim sich rückwärts zu bewegen.

Kapitän Digges Hand schoss vor und hielt ihn fest.

»Ich sagte, alle haben hierzubleiben. Du auch. Schlimm genug, dass ihr so spät gekommen seid.«

Dennis schob sich neben Kim und nickte zum Steuermann. »Hast du den Blick des Schlägers bemerkt? Bevor der Kerl mich auspeitscht, gehe ich lieber über Bord.«

Es sollte die ungemütlichste Stunde werden, die Kim seit langer Zeit verbracht hatte. Nach dem letzten Peitschenhieb brach der Zahnlose zusammen und wurde von zwei Matrosen weggebracht, während der Nächste angebunden wurde.

Als der Steuermann mit der Bestrafungsaktion endlich fertig war, deutete er unmissverständlich mit dem Peitschenstil erst auf Kim, dann auf Dennis und wandte sich an den Kapitän.

»Die beiden haben Proviant gestohlen. Ich habe sie ganz unten im Laderaum erwischt. Wir können die Sache gleich hier erledigen. So viel Kraft habe ich noch. Zehn Hiebe für jeden?«

Eine schwere Hand legte sich auf Kims Schulter, eine andere auf die von Dennis. Maat Higgins schob die beiden in die Mitte des Rings, der sich um den Mast gebildet hatte.

Auf einmal sah Kapitän Digges müde aus. Zögernd hob er eine Hand.

»Moment, haben Sie einen Zeugen?«

Ein Matrose trat vor, es war der, der Kim und Dennis mit Seward zusammen bei Willies Kiste überrascht hat.

»Mich!«, dröhnte er.

»Na dann!« Der Steuermann ließ freudig die Peitsche einmal durch die Luft sausen.

»Haben Sie gesehen, dass die beiden Nahrungsmittel in der Hand hatten? Speck, Schiffszwieback?«, mischte sich William mit fester Stimme ein.

Mr Seward funkelte ihn bitterböse an. »Ich habe die beiden auf frischer Tat geschnappt. Zusammen mit einem Zeugen. Das sollte auch Ihnen genügen.«

Jeweils zwei Matrosen hatten Kim und Dennis ergriffen.

»Mich zuerst«, sagte Kim.

»Nein«, schrie Lisa, »lass das nicht zu, James!«

James reagierte nicht, sondern sah auf seine Stiefel.

Kim wurde das Hemd heruntergezogen, dann banden ihn zwei Männer an den Mast. Was immer jetzt passierte, er musste es durchstehen. Er zwang sich aufs Meer zu schauen, um sich abzulenken und sich in Gedanken weit fort zu bewegen.

Einmal hatte ihm Großvater Kao von Folterungen erzählt, die er erduldet hatte, als er noch ein tibetischer Mönch gewesen war und die chinesischen Behörden die Mönche aus ihren Klöstern vertreiben wollten. Großvater Kao hatte Kim erklärt, wie man sich innerlich in ein friedliches Land weit weg von jedem Schmerz zurückziehen konnte.

Seward hob die Peitsche und ließ sie noch einmal probeweise zischend durch die Luft sausen. Dicht genug, dass Kim den Luftzug spürte.

Es würde doch wehtun.

»Aufhören!« Ein kleiner dünner Mann drängte sich kopfschüttelnd durch die Reihen und wies mit großer Geste auf seine Brust. »Ich muss es doch wissen, wenn was vom Proviant fehlt. Aber wo nichts ist, kann nichts wegkommen. Wir haben fast nichts mehr, aber das ist alles noch da. Ein winziger Sack mit getrockneten Erbsen, eine Speckseite und einen halben Sack Zwieback. Also, was soll das?«, fragte der Koch.

»Wenn der Smutje das sagt, stimmt das. Und auf jeden Fall ist der Junge kein Katzenfresser!«, rief ein Matrose. Viele stimmten ihm zu.

Als Seward die Peitsche wieder hob, gebot ihm Kapitän Digges Einhalt.

»Bindet den Jungen los«, sagte er. »Der Koch wird recht haben.«

Digges hatte so bestimmt gesprochen, dass der Steuermann keinen Widerspruch wagte.

Als sich die Matrosen zerstreut hatten, gesellte sich James zu Kim, Dennis und Lisa, als wenn nichts gewesen wäre. Auch William blieb bei ihnen, das hieß, er folgte ihnen an die Reling und zog die Schultern hoch, als ob er etwas sehr Unangenehmes abschütteln wollte.

Lisa krallte eine Hand um die Reling und drehte sich mit einem Ruck zu James.

»Ich hätte nicht gedacht, dass du es hinnimmst, dass Kim und Dennis ausgepeitscht werden«, sagte sie wütend. »Du hast keinen Finger für sie gerührt. Wieso? Du kletterst Dennis in die Takelage nach, um ihn vor dem Absturz zu bewahren, aber gerade hast du nicht mal den Mund aufgemacht.«

»Ich konnte nichts für sie tun«, entgegnete James unbehaglich. »Proviantdiebstahl ist ein schweres Verbrechen auf einem Schiff, dessen Mannschaft mit dem Verhungern kämpft. Vergehen müssen bestraft werden, Disziplin ist überlebenswichtig.«

»Aber Dennis und Kim haben nichts getan!«

»Mr Seward war anderer Meinung und das zählt. Das sind nicht meine Regeln. Das Leben an Bord eines Schiffes ist schmutzig und gewalttätig und deshalb mag ich es nicht.« Er hielt Lisas Blick fest. »Verstehst du das? Ich will ein ruhiges, sauberes Leben.«

Lisa wusste nicht, was sie sagen sollte.

»Edel und gut!«, spottete Kim.

»Sehr richtig!«, sagte James mit finsterer Miene.

»Moralisch einwandfrei!«, warf Dennis ein und begann zu lachen.

»Was ist mit euch beiden los?«, fragte Lisa verblüfft und wandte sich betont James zu. »Ich nehme an, sie müssen sich ein bisschen abreagieren. Sonst hätten sie längst zugegeben, dass einem manchmal die Hände gebunden sind und man nicht immer so handeln kann, wie man eigentlich möchte. Das meintest du, nicht wahr?«

»Man leidet, wenn man ein sensibles Gewissen hat«, flötete Dennis.

James war beleidigt. Ohne noch etwas zu entgegnen, ging er davon.

»Meint ihr nicht, ihr habt etwas übertrieben?«, mahnte William. »Im Gegensatz zu mir wusste James bestimmt, dass er nichts ausrichten konnte. Kommt, wir sehen nach eurem Willie. Ich hoffe, er bringt euch auf andere Gedanken.«

Die drei waren einverstanden. Als Dennis die Kabinentür geöffnet hatte, stieß er einen Schrei aus, der die anderen zusammenfahren ließ. Alarmiert schob Kim die Tür weiter auf, damit alle hineinsehen konnten.

Neben Willie hockte ein Wesen mit vorspringendem Kiefer, tellergroßen Augen und geschmeidigen Klauen, mit denen es an der Decke zerrte.

Ein zähnefletschender Alb.

»Der Klabautermann!«, schrie Dennis.

Kim schob ihn beiseite, ging mit ausgestreckter Hand auf den Klabautermann zu und schnalzte mit der Zunge. Der Schiffskobold trug ein verwaschenes rosarotes Jäckchen, griff mit einer Pfote in ein Täschchen und hielt Kim treuherzig ein Stück getrockneten Apfel entgegen, während er ein bisschen kreischte. Wie kleine Affen eben kreischen.

Lisa war entzückt, nachdem sie den ersten Schreck überwunden und William den Fensterladen entfernt hatte. Jetzt wussten sie, wer das Apfelstück neben Willie in die Kiste gelegt hatte. Ein Rätsel war gelöst, dafür gab es ein neues. Auch William hatte keine Ahnung, woher der Affe gekommen war, er hatte ihn die ganze lange Reise über nicht gesehen. Zweifellos hatte ihn jemand versteckt gehalten. Lisa nannte das Äffchen wegen seines Jäckchens Pinky.

Pinky zeigte nur anfangs Scheu und fletschte wieder die Zähne, wurde dann aber rasch zutraulich. Gern fingerte er an allem herum, drehte an Hemdknöpfen und steckte seine kleinen Hände ganz nebenbei in fremde Taschen.
»James mag Mr Maskelyne«, begann Dennis mit einem bedeutungsvollen Unterton, als sich die Aufregung über Pinky gelegt hatte, und zwinkerte Kim zu.
Mr Maskelyne hatte auf James gewartet und ihm die Hand auf die Schulter gelegt. Zusammen waren die beiden zur Treppe gegangen, die zu den Oberdecks führte.
»Wie ist denn Mr Maskelyne so?«, warf Kim ein.
Der Astronom trug eine weiß gepuderte Perücke mit ähnlichen Lockenwülsten wie die von William. Aber Kim glaubte nicht, dass er viel jünger aussehen würde, wenn er sie abnahm. Schon seine stets säuerliche Miene ließ ihn alt erscheinen.
»Hochgebildet«, sagte William ausweichend.
»Nicht eingebildet?«, hakte Dennis nach.
»Nein, nein, ihr dürft nicht schlecht von ihm denken. Er ist vielleicht etwas steif und zurückhaltend, aber …«
William stockte. Dann beugte er sich auf seinem Stuhl vor und seufzte tief auf. »Wenn diese Reise bloß schon vorbei wäre.«
Pinky war ihm auf die Schulter gesprungen.
»Du kannst es uns ruhig erzählen«, sagte Lisa leise.

Und dann brach die Wahrheit aus William heraus. Er erzählte von den Schikanen, die er und sein Vater von den Astronomen, allen voran Mr Maskelyne, seit Jahren zu erdulden hatten. Die Zuverlässigkeit der Harrison-Uhren war für jeden denkenden und unvoreingenommenen Menschen längst klar erwiesen. Aber die Mitglieder der Längenkommission, einer Kommission, die der König eingesetzt hatte, um darüber zu urteilen, wem der Preis zustand, forderten immer neue Beweise. Und die meisten Mitglieder der Kommission waren Astronomen. Auch Maskelyne gehörte dazu.

»Und der Preis?«, erkundigte sich Dennis.

William richtete sich wieder auf und kraulte geistesabwesend das Äffchen. Das schien ihm zu gefallen. Es schmiegte sich an Williams Hals.

»Zwanzigtausend Pfund«, sagte William.

»Ist das viel?«

Überrascht musterte William Dennis. »Ja, sehr viel. Ich habe große Mühe, mir so viel Geld auf einem Haufen vorzustellen.«

»Dann muss es doch verlockend sein, das Ergebnis dieser Fahrt zu manipulieren«, sagte Kim, »oder nicht?«

Heftig schüttelte William den Kopf. »Keine Chance! Niemand kann die Uhr manipulieren, auch ich nicht. Mein Vater und ich legen größten Wert darauf. Es darf auch nicht der leiseste Schatten eines Verdachts entstehen, dass es zu irgendwelchen Manipulationen gekommen ist. Wenn nur irgendetwas das Misstrauen der Astronomen schürt, können wir von vorn anfangen. Mr Maskelyne würde sich auf die kleinste Kleinigkeit stürzen, da bin ich mir sicher.« Es klang verzweifelt.

»Und wie verhinderst du das? Du hattest die Uhr hier, du hast sie trocken gehalten. Da hättest du doch leicht mal daran drehen können.«

»Auf keinen Fall!«, entgegnete William empört. »Seht ihr, der Kasten, in dem die Uhr steckt, ist durch drei Schlösser gesichert. Einen verwahrt Kapitän Digges, den zweiten Mr Maskelyne und den dritten hab ich. Wenn ich die Uhr aufziehe, was einmal am Tag geschieht, sind wir immer zu dritt. Mr Maskelyne und Kapitän Digges schauen mir sehr genau auf die Finger. Ich will es gar nicht anders. Nach dem Aufziehen vergleiche ich die Zeit auf der Uhr mit der auf einer meiner beiden Jefferys und stelle diese, wenn es erforderlich ist, nach. Das ist schon ein paar Mal vorgekommen. Die zweite benutze ich, um die Tageszeit an Bord festzuhalten, für die Berechnung des Längengrads.«

Kim erinnerte sich an eine Dose, die auf Kapitän Digges' Schreibtisch stand, eine Dose mit einem kleinen Schlüssel darin.

»Und deinen Schlüssel hast du immer bei dir?«, fragte Kim nach.

»Ich trag ihn an einem Lederband um den Hals«, sagte William und griff in sein Hemd. Auf seinem Gesicht zeigte sich erst Erstaunen, dann Erschrecken. Er stand so hastig auf, dass Pinky schimpfend das Weite suchte.

»Das begreife ich nicht«, sagte er verstört, »er ist verschwunden!«

»Dann müssen wir ihn suchen«, sagte Lisa resolut und sprang von der Koje. »Hast du ihn irgendwann abgelegt?«

»Nur beim letzten Aufziehen der Uhr, aber ich bin sicher, mir das Band wieder umgehängt zu haben.«

Draußen auf dem Gang war das seltsame Pfeifen zu hören, das Kim schon kannte. Aber erst als Pinky darauf reagierte und zur Tür hüpfte, wurde er wirklich aufmerksam. Mit einem Griff fasste er das Äffchen an seiner Jacke und hielt es fest. Pinky fletschte aufgebracht die Zähne, aber Kim beachtete das nicht. »Sei lieb«, sagte er einschmeichelnd, »gib mir den Schlüssel.«

Pinky

Der Affe öffnete seine kleine Klaue, um sich den Schlüssel abnehmen zu lassen, sobald Lisa ihn hinter den Ohren kraulte und William ihm eine Nuss anbot. Danach huschte Pinky zur Tür hinaus, die er ohne Weiteres aufklinken konnte.

»Das macht ja einiges klar«, sagte Kim, erläuterte aber nicht, was er damit meinte. »Erzähl uns von *der Uhr,* William. Wie sieht sie aus?«

William musste erst seinen Schreck verdauen, aber dann beschrieb er die Uhr so genau, dass Kim und die anderen sie sich vorstellen konnten.

Wenig später rief James sie im Auftrag von Kapitän Digges heraus, um ihnen mitzuteilen, dass an Deck Arbeit auf sie wartete. Er begleitete sie die Treppe hinab, redete aber nicht mehr viel mit ihnen. Lisa fragte unverblümt, ob er noch sauer wäre, aber er stritt das ab. Er sei nur in Gedanken bei den Berechnungen, erklärte er, bei denen er Mr Maskelyne assistieren dürfe.

»Und auf dich«, sagte er bedeutungsvoll, »könnte ich nie sauer sein.«
Kim passte es überhaupt nicht, dass er Lisa über den Arm strich. Er soll bloß seine Finger von ihr lassen, dachte er wütend.

Die drei mussten das Deck mit Sand und Meerwasser schrubben, eine langweilige und anstrengende Arbeit, die Mr Seward knüppelschwingend überwachte. Nach kurzer Zeit taten ihnen die Knie weh und es fiel ihnen immer schwerer, Eifer vorzutäuschen. Zumal die Sonne nun gnadenlos auf sie herabbrannte. Lisas Nacken färbte sich allmählich krebsrot. Mit ihrer hellen Haut konnte sie die Sonne nur schlecht vertragen.
William hatte gesagt, dass er *die Uhr* um zehn aufziehen würde, und es war fast zehn. In Gedanken waren sie alle bei ihm. Würde diesmal etwas mit der Uhr passieren?, fragte sich Kim.
Dennis rückte dicht an ihn heran und flüsterte: »Wir müssen es Lisa jetzt sagen.«
»Was?«, fragte diese prompt.
Über das belauschte Gespräch auf dem Außenklo war sich Kim nicht wirklich im Klaren. Er zögerte, Lisa davon zu berichten, obwohl das die Möglichkeit bot, James etwas Schlechtes anzuhängen. Das hatte durchaus etwas

Verführerisches. Aber sehr viel sinnvoller erschien ihm, wieder in den Schiffsbauch hinabzusteigen und zu sehen, ob Großvater Kaos Uhr der Entdeckung entgangen war. Er wusste jetzt, dass es zwei Uhren an Bord gab, die beide in unansehnlichen achteckigen Holzkästen steckten und beide etwas Ungewöhnliches und Besonderes darstellten. Schwer zu sagen, welcher der Titel *»die Uhr«* mehr gebührte.

Lisa stieß ihn an. »Stimmt das?«

Kim hatte auf Dennis' Geflüster nicht geachtet, anscheinend hatte er inzwischen seine Schwester über die Machenschaften von James und Mr Maskelyne aufgeklärt. Bei Lisas Ton horchte er jedoch beunruhigt auf. Ihm schwante Unheil.

»Na ja«, wich er aus, »denk nicht drüber nach. Ich würde nicht beschwören, dass es James war. Mr Maskelyne schon, das Genäsel würde ich überall heraushören.«

»Das ist nicht der Punkt, obwohl ich mir sicher bin, dass James zu keiner Gemeinheit fähig wäre.«

Dennis schnaubte.

»Sei still!«, fuhr ihn Lisa an.

Dennis hielt schon deshalb den Mund, weil der Steuermann wieder seine Runde drehte. Er wies mit dem Knüppel auf eine Stelle, die feucht und dunkel glänzte.

»Das ist nicht sauber!«, bellte er und hob den Knüppel.

Lisa setzte sich rasch auf. »Nein, *Sir*! Das kann nicht sauber sein, weil wir an der Stelle noch nicht richtig gewesen sind. Wir haben sie nur eingeweicht. Wir nehmen sie uns gleich vor.«

Starr sah sie ihm in die Augen, bis er den Blick senkte. »Das will ich auch hoffen.« Der Steuermann ließ den Knüppel in die Hand klatschen, aber nicht mit der gleichen Energie wie sonst. Mr Seward hatte seinen Schwung verloren. Oder etwas beschäftigte ihn. Immer wieder sah er zur Treppe, die zu den Oberdecks führte, oder hinauf zum Mastkorb, in dem ein Matrose mit einem Fernrohr hockte. Alle paar Minuten schrie er nach oben. »Nichts?« Und wenn die Antwort »Nichts!« herunterschallte, beruhigte ihn das.

Lisa wartete, bis er auf der anderen Seite der Boote verschwunden war.

»Haltet mich nicht für blöd, ihr Armleuchter!«, blaffte sie Kim und Dennis an.

»Du bist aber sehr unhöflich«, gab Dennis zurück.

»Dummkopf«, fauchte sie noch einmal. »Über James will ich jetzt nicht reden. Es geht um William. Ihr habt gehört, was er über seine Arbeit und die seines Vaters gesagt hat. Wir können nicht zulassen, dass das alles für die Katz ist. Das haben sie nicht verdient, vor allem William nicht. Wir schulden ihm etwas.«

Das hatte Kim befürchtet. Er persönlich stand nicht in Williams Schuld, dachte er. Nicht viel jedenfalls, verbesserte er sich und versuchte verzweifelt seine Meinung aufrechtzuerhalten. Bloß nicht in Dinge einmischen, die einen nicht wirklich etwas angehen, war seine Devise.

»Dennis«, fuhr Lisa fort, während sie einen leeren Eimer heranzog und ein paar Putzlappen hineinwarf, »traust du dich nach unten zu gehen und Großvater Kaos Uhr in diesem Eimer heraufzuholen?«

Unschlüssig beäugte Dennis den Eimer.

»Oder du?«, wandte sich Lisa an Kim.

»Willst du uns nicht erst einmal sagen, was du vorhast?«, erkundigte sich Kim vorsichtig.

»Es gibt nur eins, was wir tun können«, sagte Lisa resolut. Ihre Augen sprühten vor Eifer. »Wir tauschen die Uhren einfach aus.«

Vor Überraschung hockte sich Kim auf die Fersen.

Vehement schüttelte Dennis den Kopf. Kim war ihm sehr dankbar dafür, dass er ihm den Protest abnahm.

»Geht aber nicht!«, sagte Dennis knapp. »Wegen der Schlüssel.«

Kim grinste, an die Schlüssel hatte er noch gar nicht gedacht. Damit war die Sache erledigt. Pfeifend schrubbte er drauflos, bis ihm Lisa einen nassen Lappen an die Ohren klatschte. »Feigling«, sagte sie verächtlich.

»Bin ich«, sagte Kim zufrieden und schrubbte weiter. »Bin ich gern«, fügte er trotzig hinzu.

Lisa ließ sich nicht davon beeindrucken. »Jetzt hört mir genau zu, ihr Trantüten. Wir müssen uns die Schlüssel verschaffen. Wenn jemand anders das kann, können wir das auch.«

»Wie meinst du das?«, fragte Dennis erstaunt.

»Liegt das nicht auf der Hand? Wer auch immer mit Mr Maskelyne unter einer Decke steckt, ist sich sicher, an die Harrison-Uhr heimlich herankommen zu können. Also muss es einen Weg geben.«

»Williams Schlüssel zu bekommen ist leicht für uns, wir brauchen ihn bloß darum zu bitten«, sagte Dennis und schrubbte gedankenvoll. »Aber die beiden anderen? Wie kriegen wir den von Mr Maskelyne und den von Kapitän Digges? Soll ich Mr Maskelyne mit dem Eimer k. o. schlagen und ihr durchsucht ihn nach dem Schlüssel?«

»Kim?«, fragte Lisa und schaute ihn mit ihren jadegrünen Augen an, ein Blick, der ihm durch und durch ging. Jetzt durchlitt er die größte Pein. Er wusste, was dieser Blick zu bedeuten hatte. Er forderte ihn auf, jede Vorsicht in den Wind zu schlagen und das Wohl von William über ihres, das von Dennis und sein eigenes zu stellen. Lisa war zu jedem Opfer bereit und nichts würde sie davon abhalten. Für einen Chinesen saß der Verstand im

Herzen. Und Lisas Herz stellte er sich nun groß und weich vor, sodass der Verstand sich darin verlor.

»Kapitän Digges' Schlüssel steckt in einer Dose auf seinem Schreibtisch«, erklärte er widerwillig. »Kein Problem, daran zu kommen, wenn einer von euch Schmiere steht. Und Maskelynes? Entweder hat er den Schlüssel um den Hals hängen wie William oder an einer Uhrkette befestigt. Ich hab gesehen, dass er eine trägt. Aber wie nehmen wir ihm den Schlüssel ab, wenn wir nicht auf Dennis' dämlichen Vorschlag eingehen und ihn k.o. schlagen?«

Mr Seward tauchte wieder auf und sie legten eine Runde intensiven Schrubbens ein.

Als er verschwunden war, rief Lisa plötzlich: »Pinky!«

»Was?«, fragte Dennis.

Kim nickte, er hatte gerade den gleichen Gedanken wie Lisa gehabt. »Der Affe ist darauf dressiert, die Schlüssel zu klauen. Und er ist geschickt genug, dass der Beklaute nichts merkt.« Er schaute auf seine Jefferys. »Zehn durch. William wird den Chronometer jetzt aufgezogen haben. Lisa, geh rauf und frag ihn, ob mit der Uhr alles in Ordnung ist. Und halt nach Pinky Ausschau. Wenn wir bloß wüssten, wem er gehört.«

»Ist doch klar«, sagte Dennis überzeugt. »James. Die zwei großen Kajüten im Heck sind ein idealer Ort, um Pinky zu verstecken. Ich geh jetzt unsere Uhr holen, bis zum nächsten Rundgang des Schlägers dauert es noch eine Weile. Das ist Zeit genug für mich.« Er langte ohne zu zögern nach dem Eimer.

»Warte!« Lisa spitzte die Lippen und begann zu pfeifen. Und zu Kims Erstaunen gab sie genau das Pfeifen wieder, auf das Pinky reagiert hatte.

»Passt«, sagte Dennis und erhob sich.

»Ich lass dich nicht allein gehen«, sagte Kim und warf seine Bürste in den Sandeimer. »Und noch was: Wir werden William nicht um seinen Schlüssel bitten. Er darf von der ganzen Sache nichts merken, er darf nicht mal ahnen, dass wir ihm gegen Maskelyne und James beistehen. Er würde sich vor lauter Bedenken in die Hose machen.« Bitter ergriff er den Eimer mit den Lappen. »Wir werden unsere Heldentaten für uns behalten müssen.«

Die ganze Zeit, die er brauchte, um mit Dennis bis ins unterste Deck zu schleichen, plagte ihn die Angst, Großvater Kaos Uhr sei verschwunden. Und als sie sie schließlich aus dem Stroh und dem Lappen gegraben hatten, sträubte sich alles in ihm, sie mitzunehmen und in dem gewagten Manöver, das Lisa vorgeschlagen hatte, einzusetzen. Nach wie vor hielt er das Ganze für blanken Wahnsinn. »Weißt du eigentlich, dass wir unsere Rückkehr aufs Spiel setzen?«, fragte er Dennis trübsinnig.

»Die ist mir egal«, sagte Dennis. »Ich will gar nicht zurück. Mein Vater weiß noch nicht, dass die Taucheruhr kaputt ist, und ich hab keine Lust, es ihm zu beichten.«
»Du konntest doch gar nichts dafür, dass sie jetzt kaputt ist. Dein Vater wird Verständnis haben.«
»Hat er nicht. Er hat immer gesagt, mein Wunsch nach einer Taucheruhr sei das Dümmste, was er je gehört hat. Aber dann hat er doch viel Geld für eine ausgegeben und jetzt ist sie futsch.« Dennis' Stimme zitterte verräterisch.
Kim war stark versucht ihm etwas über den Wert der Taucheruhr zu sagen, aber das hätte ein schlechtes Licht auf Herrn Wagner geworfen, den er nicht näher kannte. Also schwieg er lieber.
Gerade rechtzeitig waren sie alle drei für die letzte Kontrollrunde von Mr Seward zurück. Der Steuermann bog um die Boote herum, als ein Schrei von oben ertönte.
»Land!«, schrie der Mann im Mastkorb.
Der Ruf hallte über das ganze Schiff, wurde von anderen Matrosen aufgenommen und lockte schließlich die komplette Mannschaft an Deck. Auch Kapitän Digges erschien, James und Mr Maskeleyne und ein strahlender William. Rasch kam er zu Kim, Lisa und Dennis gelaufen.
»Das muss Jamaika sein, ich bin mir sicher. Und das beweist, dass meine Berechnungen stimmen. Ich hatte sie gerade Kapitän Digges vorgelegt.«

»Mit *der Uhr* ist alles in Ordnung?«, erkundigte sich Kim.

»Aber ja«, sagte William erstaunt. »Alles ist bestens. Noch ein paar Stunden und wir laufen in den Hafen von Port Royal ein, dann ist es ausgestanden.«

»Wunderbar«, freute sich Lisa.

»Und was ist mit Mr Maskelynes Berechnungen?«, fragte Dennis.

»Er hat Schwierigkeiten«, sagte William mit einem unverkennbar spitzbübischen Grinsen, »er schiebt es auf die letzte Mondbeobachtung.«

Die Hände an der Uhr

Lisa hatte Pinky mit ihrem Pfeifen angelockt und in Williams Kabine gebracht. Jetzt legte sie sich die Wolldecke um die Schultern und versteckte Pinky darunter. In der Zwischenzeit hatte Dennis beobachtet, dass sich William, James und Mr Maskelyne, mit Fernrohren bewaffnet, zu Kapitän Digges aufs oberste Deck begeben hatten. Jeder von ihnen wollte sich selbst davon überzeugen, dass Jamaika vor ihnen lag.

An die Schlüssel zu kommen war dann sehr einfach. William und Mr Maskelyne waren so auf ihre Beobachtung konzentriert, dass sie nicht mehr darauf achteten, was um sie herum vorging. Dennis plauderte mit dem Kapitän und James, während Kim Lisa und Pinky so weit wie möglich abschirmte. Nur für Sekunden waren Pinkys Krallenpfötchen zu sehen. Er war tatsächlich äußerst gut auf seine Aufgabe trainiert. Mr Maskelyne griff sich nur einmal beiläufig an den Nacken, um sich da zu kratzen, wo sich noch vor wenigen Augenblicken ein

Lederband befunden hatte, an dem ein kleiner Schlüssel hing.
Sobald Lisa die Schlüssel hatte, rannten sie zu dritt mit Pinky in der Decke hinunter in die Kapitänskajüte.
Dennis bezog Posten an der Tür, Kim holte die Uhr von der Kommode und stellte sie mitten auf den Tisch, dann nahm er den dritten Schlüssel aus der Dose. Lisa grub Großvater Kaos Uhr aus dem Eimer und platzierte sie neben der von John Harrison. Zum ersten Mal standen die beiden achteckigen Kästen nebeneinander. Sie glichen sich sehr, aber es gab durchaus Unterschiede. Der größte betraf die drei Schlösser.
Kim sah sie sich an, dann schlug er sich mit der flachen Hand an die Stirn. »Was bin ich dämlich. Warum hab ich mir den Uhrenkasten nicht zeigen lassen, als William ihn in seiner Kabine hatte?« Er warf den einen Schlüssel zurück in die Dose auf dem Tisch und hielt Lisa die beiden anderen hin. »Bring sie so rasch wie möglich zurück.«
Lisa rührte sich nicht.
»Schnapp dir Pinky und hau ab.«
Pinky schaukelte an dem seltsamen Kronleuchter und schnatterte glücklich vor sich hin.
Kim zog sein Messer und rückte eine Messingschale auf dem Tisch zurecht.

»Was soll das? Machst du jetzt einen Rückzieher? Das lass ich nicht zu«, fauchte Lisa.

Mit wohldosierter Kraft hieb Kim die Spitze des Messers in die Schale. Anschließend prüfte er die Messerspitze mit dem Finger.

»Genau richtig!«, murmelte er und zog den Uhrenkasten mit den Schlössern heran. Dann schaute er auf. »Bist du noch nicht weg?«

Lisa stemmte die Hände in die Hüften. »Sag mir sofort …«

Missbilligend schüttelte Kim den Kopf. »Sie müssen so auf die Schlüssel fixiert gewesen sein, dass sie sich über die Schlösser keine Gedanken gemacht haben. Das ist wirklich lausig.« Er schob die Messerspitze in eine winzige Schraube, mit der eins der Schlösser am Kasten befestigt war.

»Ist es nicht einfacher, die Kästen aufzuschließen, wenn wir schon die Schlüssel haben?«, fragte Lisa ätzend.

»Einfacher vielleicht«, antwortete Kim und drehte die erste Schraube heraus, »aber sinnvoller ist es, die Schlösser an dem einen Kasten ab- und dem anderen anzuschrauben. Die Kästen sind nicht genau gleich groß und das heißt, dass die eine Uhr wahrscheinlich gar nicht in den Kasten der anderen passt. Außerdem müssen wir die Uhren später wieder austauschen. Und je öfter wir

die Schlüssel dazu klauen müssen, desto höher die Gefahr, dabei erwischt zu werden.«
Lisa pfiff, bis ihr Pinky in die Arme sprang, und verließ mit ihm die Kajüte. Während sie die Schlüssel mit Hilfe des Äffchens zurückgab, setzte Kim die Schlösser um. Es war eine mühselige Arbeit, denn alle drei sahen ein wenig verschieden aus, und er musste darauf achten, dass jedes an die richtige Seite am anderen Kasten kam. Sein Mund war jetzt nicht nur vor Durst trocken, sondern auch vor lauter Elend. Mit jeder Schraube, die er löste und woanders wieder hereindrehte, hatte er mehr das Gefühl, sein Schicksal zu besiegeln. Es konnte nicht gut gehen, wenn sie Großvater Kaos Uhr aus der Hand gaben. Das war nicht einfach nur unverantwortlich und leichtsinnig, das war eine himmelschreiende Dummheit! Innerlich tobte er, während er wie besessen schraubte. Als Lisa zurückkehrte, war er fertig – auch mit sich selbst. Pinky hatte sie vor der Kajüte laufen lassen, damit er zu seinem Herrn zurückfand. Er musste die Schlüssel ja in seinem Auftrag noch einmal stehlen.
Lisa verstaute die Harrison-Uhr im Eimer unter den Lappen. »Und jetzt?«
»Müssen wir abwarten«, antwortete Kim und stellte Großvater Kaos Uhr auf die Kommode. »Konntest du schon Land sehen?«

»Es wird noch etwas dauern, bis wir Jamaika erreichen.«
»In dieser Zeit wird sich jemand an der Uhr zu schaffen machen. Wir hauen jetzt am besten ab.«
»Aber dann erfahren wir nie, wer der Saboteur ist«, wandte Lisa ein.
Sie denkt an James, dachte Kim, immer nur dieser James.
»Und wir wissen nicht, wann wir unsere Uhr zurückholen können«, gab Dennis zu bedenken und deutete hinaus auf die Galerie. »Da sollten wir uns verstecken.«
Kim meldete Zweifel an, ob sie es stundenlang dort aushalten würden, ließ sich aber schließlich von den beiden anderen überreden.
Die Galerie zog sich rund ums Heck und ging rechts und links an den Seiten in ein schmales hölzernes Sims über, nicht mehr als eine dekorative Abschlusskante. Zunächst einmal hockten sie sich draußen unter eins der Fenster, mit dem Rücken zur Kajüte und richteten sich aufs Warten ein. Eine ganze Weile geschah nichts. Niemand betrat den Raum hinter ihnen. Lisa döste und Dennis kratzte ausgiebig seine Wanzenbisse. Kim dachte unentwegt an Großvater Kaos Uhr und war mehr als einmal versucht aufzustehen und sie sich zurückzuholen. Den Eimer mit dem Harrison-Chronometer hielt er zwischen den Knien. Er hatte nicht einmal Lust, ihn sich anzusehen.

Fast hätten Lisa, Kim und Dennis den entscheidenden Moment verpasst.
Jemand räusperte sich hinter ihnen in der Kajüte. Dennis stieß Kim und Lisa an. Alle zugleich rappelten sie sich auf und hoben langsam die Köpfe, bis sie über den Fenstersims spähen konnten.
Kapitän Digges war zusammen mit Mr Maskelyne eingetreten – und mit James!
»Geben Sie uns doch noch eine halbe Stunde«, sagte Mr Maskelyne ernst, »nach meinen Berechnungen kann das nicht Jamaika sein! Der Längengrad, den ich für uns errechnet habe, stimmt nicht mit dem von Jamaika überein, aber das Ergebnis, das gebe ich gern zu, ist nur ein vorläufiges. In einer halben oder besser noch einer Stunde habe ich Klarheit.«
James machte ein paar Schritte auf die Kommode zu.
»Mr Maskelyne,« antwortete Kapitän Digges müde, »seit mindestens vier Stunden sind Sie dabei, den Längengrad zu errechnen, Mr Harrison war nach einer halben Stunde fertig und ich habe zu seinem Ergebnis mehr Vertrauen. Aber ich will fair sein und abwarten, was Sie mir in einer Stunde präsentieren.« Als wenn ihm das Gespräch sehr unangenehm wäre, wandte er sich ab und schaute in Richtung Fenster.
Hastig duckten sich die drei.

Das Gerede um den Längengrad ging noch eine Weile weiter. Mr Maskelyne versuchte hartnäckig zu beweisen, dass die Berechnung Williams falsch sein musste. Den Stimmen nach bewegten sich die Männer in der Kajüte hin und her.

Irgendwann richtete sich Dennis wieder weit genug auf, um noch einmal hineinzuschauen. Er winkte. Kim und Lisa riskierten nun auch einen zweiten Blick.

James stand vor der Kommode, aber leider so, dass sie nicht genau sehen konnten, was er machte. Irgendetwas mit der Uhr? Solange Mr Maskelyne die Aufmerksamkeit des Kapitäns fesselte, hatte James eine Chance, die Uhr zu manipulieren. Kim strengte sich an, um zu erkennen, ob James einen der Schlüssel in der Hand hielt.

Plötzlich trat Kapitän Digges neben seinen Sohn und tippte auf die Uhr, sprach aber zu Mr Maskelyne.

»Machen Sie sich nichts vor! Mit dieser Uhr wird das Schicksal der Seefahrt entschieden und nicht mit Ihren Berechnungen und den Ihrer gelehrten Kollegen, der Astronomen. Aber wie ich schon sagte: Nutzen Sie die Zeit, bis wir in den Hafen einlaufen. Und glauben Sie mir, es ist der von Port Royal auf Jamaika.«

»Vater«, sagte James zornig und schaute voller Abscheu auf die Uhr, »die ganze Zeit schon nimmst du ein Ergebnis vorweg, das noch nicht feststeht.«

Kapitän Digges lächelte schmerzlich. »Junge, wenn du so lange zur See gefahren wärst wie ich und so häufig die verschiedensten Häfen angesteuert hättest, dann würdest du schon an der Strömung, der Farbe des Wassers und der leisesten Andeutung einer Küstenlinie erkennen, wo du dich befindest.« Er wandte sich vom Tisch ab und kam auf die Fenster zur Galerie zu. »Die Sonne scheint mir etwas zu stark herein«, murmelte er und schob ein paar der Läden vor, »und ich glaube, ich hab was draußen auf dem Balkon vergessen, das hole ich besser rein.«

Wohin sollten sie ausweichen?, fragte sich Kim alarmiert. Gehetzt schaute er sich um. Lisa und Dennis rutschten bereits bis ans Ende. Kim richtete sich auf und spähte durch eine Ritze im Fensterladen vor ihm. James war mit dem Rücken zur Kommode stehen geblieben. Kim sah weder seine Hände noch die Uhr, an der er sich eventuell gerade zu schaffen machte.

An der Reling hing ein weißer Lappen, den er vorher nicht beachtet hatte. Unversehens fuhr der Wind hinein und entfaltete ihn. Eine riesige, unförmige Unterhose blähte sich auf.

Während Lisa Dennis half in der äußersten Ecke über die Reling zu klettern, um auf das schmale Sims zu treten, hörte Kim mit halbem Ohr, wie Kapitän Digges noch etwas sagte. Er kam dann aber doch nicht auf die Galerie hinaus, sondern verließ wenig später mit Mr Maskelyne und James die Kabine.

Hatte James genug Zeit gehabt, um die Schlösser zu entriegeln und die Uhr zu manipulieren? Kim stellte sich vor, wie er mit einer Hand unauffällig nach hinten in den Kasten langte, um die Zeiger anzuhalten. Die Zeiger von Großvater Kaos Uhr, die sich ohnehin nicht bewegten. Nach einer kleinen Diskussion waren sie sich einig, dass die Ungewissheit sie zwang, auf dem Beobachtungsposten auszuharren und damit zu warten, die Uhren wieder auszutauschen. Eine harte Prüfung für Kim, der es nicht abwarten konnte, Großvater Kaos Uhr wieder in seine Obhut zu nehmen.

Ihnen allen klebte die Zunge am Gaumen. Lisa klagte, dass sich ihre wie ein fremdes pelziges Etwas anfühlte. Dennis überlegte laut, ob man nicht doch versuchen sollte den Durst mit Meerwasser zu löschen. Irgendwie musste es ihnen gelingen, mit dem Eimer etwas Wasser heraufzuholen. Je länger sie beim Thema Durst verharrten, desto quälender machte er sich bemerkbar. Inzwischen rückte die Küste näher. Die H.M.S. Deptford glitt in einem großen Bogen auf sie zu und eine Weile konnten sie sogar den Hafen sehen, den sie ansteuerten. Fröhliche bunte Häuser leuchteten am Kai und die ersten Rufe

schallten über das Wasser. Einige große Segler schaukelten sacht auf den Wellen, dazwischen bewegten sich flinke kleine Boote. Es war ein großartiges Bild.
Leider fühlte sich Kim beklommen. Wie viel Zeit blieb ihnen noch?
Irgendwann hörten sie schwach das Pfeifen, das Pinky galt. Sie schreckten kurz auf, dann versanken sie alle drei wieder in Müdigkeit, Trübsinn und schließlich in eine zähe Gleichgültigkeit.
Fast hätte keiner von ihnen auf das leise Geräusch von Schritten reagiert. Mit äußerster Kraftanstrengung rappelte sich Kim auf und versuchte durch den Spalt im Fensterladen zu sehen. Da war nur ein Hemdsärmel zu erkennen. James, hatte Kim vor einer Stunde oder länger gesehen, hatte seinen Rock abgelegt und nur noch Hemd und Weste getragen. Kein Wunder bei dem schönen Wetter und den tropischen Breiten, in denen sie segelten.
Lisa schob Kim beiseite. In diesem Augenblick glitt der Fensterladen durch das Schaukeln des Schiffs ein bisschen zurück. Jetzt konnten sie die Uhr sehen und zwei kräftige Hände, die nach ihr griffen.
Wessen Hände?
Jemand schloss den Uhrkasten mit den drei Schlüsseln auf, legte die Schlüssel daneben und klappte den Deckel hoch. Danach geschah erst einmal gar nichts mehr.

Lisa klammerte sich so an Kim, dass er ihre Anspannung spüren und beinahe ihre Gedanken lesen konnte. Bestimmt dachte sie an James. James, den Saboteur, der ihnen mit seiner Redlichkeit etwas vorgeschwindelt hatte. Und der auf den ungebildeten Uhrmacher Harrison herabsah. Wer sonst als James konnte in der Kajüte sein?

Jemand nahm die Uhr in beide Hände und schüttelte sie heftig.

Kim hielt sich an Lisa fest, weil ihm schlagartig schlecht wurde. Außerdem überkam ihn ein Mordszorn. Er wollte nicht zuschauen, wie James Großvater Kaos Uhr ruinierte, und riss sich los, um in die Kajüte zu stürmen.

Lisa hielt ihn fest. »Schau!«, wisperte sie.

Die Uhr stand wieder auf der Kommode. Jetzt beugte sich ein Gesicht tief über sie. Ein Gesicht, das Alpträume auszulösen vermochte.

Es war das von Steuermann Seward, das vor grenzenloser Befriedigung leuchtete. Mr Seward nahm nun den ersten Schlüssel in die Hand, um wieder abzuschließen.

Kim waren die Knie so weich geworden, dass er sich hinhocken musste, um darüber nachzudenken, ob Großvater Kaos Uhr die rüde Behandlung überlebt haben konnte. Die Chancen erschienen ihm nicht sehr groß.

Lisa zog ihn wieder hoch. »Digges!«, flüsterte sie.

Kapitän Digges war zurückgekehrt.

»Was machen Sie hier, Mr Seward?«, fragte er streng und ging quer durch den Raum auf die Tür zur Galerie zu. Seward war anscheinend gerade dabei gewesen, die Kajüte zu verlassen. »Ich hab auf der Suche nach Ihnen hereingeschaut. Haben Sie noch Befehle, bevor wir anlegen?«

»Der Gouverneur von Jamaika wird uns am Kai erwarten und ich will, dass er ein blitzblankes Schiff vorfindet, falls er an Bord zu kommen wünscht.«

»Alle Decks sind klar, Sir.«

»Dann ist das alles, Mr Seward.«

Kapitän Digges hatte die Tür zur Galerie fast erreicht. »Ich will nur schnell das Ding draußen hereinholen und gehe dann selbst wieder an Deck.«

»Kann ich das für Sie erledigen, Sir?«, fragte Seward beflissen.

»Nein, lassen Sie nur.«

Anscheinend wollte Kapitän Digges nicht mit einer am Heck flatternden Unterhose in den Hafen einlaufen. Das Ufer war schon so nahe gerückt, dass immer mehr Einzelheiten zu erkennen waren. Keine halbe Stunde mehr und sie würden anlegen.

Und dann?, fragte Kim sich bang. Was wurde aus Großvater Kaos Uhr? Aber im Augenblick hatten sie eine noch größere Sorge.

Lisa und Dennis schlichen wieder geduckt auf das Ende der Galerie zu. Auf dem schmalen Stückchen Sims um die Ecke würde kaum Platz für drei sein, überlegte Kim, während er ihnen folgte und den Eimer mit der Harrison-Uhr an sich presste. Aus der Kajüte schallte noch die Unterhaltung von Kapitän Digges und dem überhöflichen Mr Seward. Aber das würde nicht ewig so weitergehen und sie durften sich von keinem der beiden erwischen lassen.

Dennis schob sich mit angespannter Miene um die Ecke, Lisa kletterte über die Reling, um ihm zu folgen. »Gib mir den Eimer«, wisperte sie, als sie halb auf der anderen Seite angelangt war.

Kim wollte ihr gerade den Eimer reichen, da hörte er, wie die Tür aufging. Er musste alles auf eine Karte setzen. Den Eimerhenkel zwischen den Zähnen, schwang er sich über die Reling. Er würde sich am unteren Teil einer Strebe festhalten. Aber der Eimer geriet ihm in die Quere und er konnte nicht gezielt zufassen. Leere tat sich unter ihm auf.

Er fiel!

Ihm stockte der Atem.

Im Fallen sah er innerlich schon, wie er ins Meer platschte. Und wie ihn die Strudel, die das Ruder und der Kiel verursachten, direkt in die Tiefe rissen. Wie blind

streckte er die Hände vor. Ratschte an Holz entlang. Griff daneben. Fiel tiefer.
Dann bekam er mit einer Hand einen Holm zu fassen und pendelte einen fürchterlichen Augenblick hin und her, während unter ihm das Kielwasser tiefe Furchen zog. Er zwang sich mit der anderen Hand hinaufzulangen und da ergriff sie jemand von oben und half ihm über die untere Reling. Aufs Außenklo.
»Immer diese Landeier«, brummte Maat Higgins und zog sich die Hose hoch, die ihm auf den Knöcheln hing.
Es war zum Glück nicht schwer, Higgins weiszumachen, dass er beim Putzen abgestürzt sei, er brauchte ja nur den Eimer herzuzeigen. Von der Uhr war unter dem Lappen nichts zu sehen.

Die letzte Gefahr

Schwer hing der Eimer an seiner Hand, als er den Gang hinunterwankte, an der Kabine mit den stöhnenden Kranken und der Kombüse vorbei aufs Hauptdeck. Im Schatten der Boote ruhte er sich erst einmal vom Schreck aus und schaute teilnahmslos dem Herumgerenne rund um die Masten zu. Sobald Mr Seward auftauchte, machte er sich extraklein. Der Steuermann brüllte Befehle und schlug den Matrosen, die ihm nicht fix genug waren, seinen Knüppel an die Beine.

Als Kim Lisa und Dennis die Treppe vom Kapitänsdeck herunterkommen sah, wirkten beide selbst auf die Entfernung bedrückt. Lisa wischte sich über die Augen und stützte sich so schwer auf den Handlauf, als könnte sie sich kaum noch auf den Beinen halten.

Sie müssen glauben, dass ich ins Meer gefallen und ertrunken bin, dachte Kim, machte aber keine Anstalten, aufzustehen und ihnen entgegenzugehen. Doch Lisa hatte ihn bereits entdeckt. Sie starrte ihn an, als ob sie ein Gespenst vor sich hätte. Fast kam es ihm vor, als würde sie minutenlang auf dem Fleck verharren. Sie stieß einen Schrei aus und sackte auf eine Stufe.

Kim fand, es war jetzt doch an der Zeit, zu ihr zu gehen und sie aufzumuntern. Schließlich hatten sie ja noch etwas Wichtiges vor. Bevor er sie erreicht hatte, rannte James herbei.

»Li-onel, geht es dir nicht gut?«, erkundigte er sich besorgt.

Beinahe hätte Kim die Beherrschung verloren und ihn angebrüllt Lisa in Ruhe zu lassen. Aber ihm fiel ein, dass James ja nur ein harmloser Narr und kein Saboteur war. Zumindest davon konnten sie jetzt ausgehen, nachdem sie Mr Seward beobachtet hatten. Lisa rappelte sich auf, wankte auf Kim zu und sagte atemlos: »Danke, dass du mir den Eimer bringst. Ich wusste nicht, wo ich ihn gelassen hatte.« Doch mit den Augen sagte sie etwas anderes. Kim hatte keine Ahnung, was sie ihm zu verstehen geben wollte. Zumindest schien sie erleichtert, dass er doch nicht über Bord gegangen war. Widerstrebend reichte er ihr den Eimer, aber James riss ihn an sich.

»Schluss jetzt mit dem Putzen, das brauchst du nicht mehr, Lionel!« Er drückte den Eimer mit der Harrison-Uhr einem vorbeieilenden Matrosen in die Hand, der in der anderen einen Besen hielt und ohne anzuhalten

weiterhastete. »Komm mit und schau dir an, wie wir in den Hafen einlaufen. Der Empfang wird großartig sein.«
Lisa lächelte gequält und warf Kim einen hilfesuchenden Blick zu. Kim ließ Lisa und James stehen und jagte dem Matrosen mit dem Eimer nach. Wo war er geblieben? Wenn er den Eimer nicht wiederfand, wie sollte er dann die Uhren austauschen?
Als er glaubte den Matrosen entdeckt zu haben, erwischte ihn Mr Seward. »Hiergeblieben!«, donnerte er.
Kim musste unverzüglich in die Wanten klettern, um beim Reffen der Segel zu helfen. Von oben sah er ganze Trauben winkender und jubelnder Leute am Kai stehen. Voller Verzweiflung wandte er den Blick ab und spähte aufs Schiffsdeck hinunter auf der Suche nach einem Matrosen mit einem Eimer. Oder nur nach einem Eimer, der vergessen irgendwo herumstand.

Das Anlegemanöver war in vollem Gang, als er wieder hinabklettern durfte. Lisa kam ihm schon entgegen, aber er schüttelte nur bedauernd den Kopf.
Jetzt war alles verloren.
William würde Großvater Kaos Uhr dem Gouverneur von Jamaika als Schiffschronometer präsentieren. Damit würde die ganze qualvolle Seereise umsonst gewesen sein.

Statt des Preises von zwanzigtausend Pfund würden er und sein Vater nur Hohn und Spott ernten. Aber viel schlimmer war, dachte Kim, dass Dennis, Lisa und er die Heimreise in Tante Bettys Haus verpassten. Mittlerweile war er sich ziemlich sicher, dass Tante Bettys Standuhr fünf Uhr geschlagen hatte, als sie die Treppe zum Dachboden hinaufgerannt waren.
James tauchte wieder auf, er schien entschlossen zu sein Lisa nicht mehr aus den Augen zu lassen. Inzwischen versammelten sich die Matrosen, die gerade nichts zu tun hatten, an der Reling und begannen den Leuten am Ufer zuzuwinken und zu rufen.
Direkt am Kai fuhr eine prächtige Kutsche vor, es musste die des Gouverneurs sein.
Mr Maskelyne kam an die Reling und zuletzt ein strahlender Kapitän Digges, der dem Astronomen die Hand auf den Arm legte.
»Hab ich es Ihnen nicht gesagt: Das ist Jamaika, der Hafen von Port Royal, um genau zu sein. Mr Harrisons Berechnungen waren vollkommen korrekt. Fehlt nur noch die letzte Überprüfung seiner Uhr. Die wird der Gouverneur persönlich vornehmen.«
William trug seine Perücke und hatte sich so sehr herausgeputzt, wie er nur konnte. Er strahlte noch mehr als der Kapitän und unterbrach das Strahlen nur, um ab und zu

zu husten, denn offensichtlich hatte er sich erkältet. Mit beiden Armen umklammerte er die Uhr, die er für die seines Vaters hielt.

»Ich sorge dafür, dass ihr drei mit in den Palast des Gouverneurs dürft und dabei seid, wenn die Uhr einer letzten Prüfung unterzogen wird«, teilte er Kim heiser mit.

Eine Gangway zum Kai wurde ausgelegt und dann begab sich eine Prozession mit Kapitän Digges an der Spitze hinunter zur Kutsche.

Beklommen schloss Kim sich an.

»Wo ist Dennis?« Lisa hatte sich neben ihn geschlängelt.

»Weiß ich nicht«, gab Kim säuerlich zurück. »Er ist dein Bruder. Warum passt du nicht auf ihn auf, statt mit James zu flirten?«

»Ich flirte nicht mit James«, antwortete Lisa spitz, »aber wo …«

»Und ob du flirtest«, murrte eine Stimme hinter ihnen. Dennis reichte Kim einen Sack, der nicht allzu schwer war. Nicht schwerer jedenfalls als ein Holzkasten mit einer Uhr. »Ich hab den Matrosen gefunden und ihm den Eimer abgeluchst, bevor er unter die Lappen schauen konnte«, wisperte er voller Stolz.

Das war großartig!

Aber zu spät. Wie sollten sie jetzt noch den Austausch der Uhren bewerkstelligen?

Nach kurzem Überlegen gab Kim Dennis den Sack zurück und drängte sich zu der Kutsche durch, vor der die Leute Spalier standen.

Der Gouverneur hielt eine kleine Ansprache.

Inmitten der Menschenmenge schob sich Kim neben William und vergewisserte sich mit einem Seitenblick, dass Dennis und Lisa ihm gefolgt waren.

Sobald der Gouverneur seine Ansprache beendet hatte, öffnete ein Diener den Kutschenschlag. Der Gouverneur komplimentierte Mr Maskelyne und Kapitän Digges umständlich und wortreich hinein.

»Kann ich die Uhr für dich halten?«, fragte Kim gedämpft.

William schüttelte den Kopf. »Die gebe ich nicht aus der Hand. Auf gar keinen Fall.«

»Kommen Sie, Mr Harrison, steigen Sie ein.« Lächelnd winkte ihn der Gouverneur heran. »Und damit sind wir komplett.«

Also sollten sie doch nicht mitkommen.

Dennis presste die Harrison-Uhr an sich und stöhnte auf. Kim hatte ein Gefühl, als wenn sich ein Klumpen Eis in seinem Bauch bildete. Gleich würde William mit Großvater Kaos Uhr davonrattern und sie konnten nichts dagegen unternehmen.

William ging auf die Kutsche zu.

Unauffällig hielt sich Kim an seiner Seite und ebenso unauffällig streckte er den Fuß vor. Zwei Schritte vor der Kutsche geriet William ins Stolpern und begann mit den Armen in der Luft zu rudern. Dabei trudelte ihm Großvater Kaos Uhr aus den Händen und flog in einem Bogen aufs Pflaster zu.

William schrie entsetzt, die Augen weit aufgerissen.

Als die Uhr nur noch zehn Zentimeter vom Boden entfernt war, kickte Kim sie ein Stück nach oben und fing sie so geschickt auf, dass sie nicht einmal schepperte.

Williams Schrei war in einen Hustenanfall übergegangen, der ihn regelrecht schüttelte. Mitleidig klopfte ihm Lisa auf den Rücken.

Kim wartete, bis der Anfall verebbt war und William ihm zuhören konnte. »Weißt du was? Ich sollte doch die Uhr für dich tragen. Du bist einfach erledigt nach dieser langen Reise. An deiner Stelle würde ich jetzt kein Risiko mehr eingehen. Ich könnte mit Lisa, Dennis und deiner Uhr auf dem Dach der Kutsche mitfahren. Wir werden zu dritt die Uhr hüten, das versprechen wir dir.«

Wahrscheinlich hatte niemand richtig mitbekommen, was passiert war, auch William nicht. Er war so außer sich über sein Ungeschick, das beinahe alles ruiniert hätte, dass er den Gouverneur tatsächlich dazu bewegen konnte, Kim, Lisa und Dennis auf dem Dach mitfahren zu lassen. Und vor lauter Furcht vor einem weiteren Unfall überließ er ihnen die Uhr.

Oben auf dem Kutschdach wurde normalerweise Gepäck transportiert. Es gab eine kleine Dachreling, die verhindern sollte, dass Koffer und Kisten herunterrutschten. Jetzt saßen Kim, Lisa und Dennis im Schneidersitz oben. Lisa und Dennis winkten den Leuten zu, die die Straße säumten, und auch Kim hob hin und wieder eine Hand. Die übrige Zeit war er mit etwas anderem beschäftigt. Er schraubte die Schlösser von dem einen Uhrenkasten ab und am anderen wieder an. Keine leichte Aufgabe, während der Wagen über die unebene Pflasterung rumpelte. Dennis half ihm, indem er mit einem Daumen das Schloss, an dem Kim gerade arbeitete, festhielt.

»Beeilt euch«, murmelte Lisa alle paar Minuten.

Das Messer, das Kim als Schraubenzieher diente, durfte auf keinen Fall verräterische Kratzer auf dem Holz hinterlassen. Schon nach wenigen Augenblicken waren Kims Hände schweißfeucht.

Unterdessen wurden die Gebäude an der Straße zunehmend größer, bunter und prächtiger. Nach einer halbstündigen Fahrt bog die Kutsche in eine Allee ein und am Ende auf einen halbrunden Platz, an dem das größte und prächtigste Haus der ganzen Stadt lag: der Gouverneurspalast. Auch hier empfing sie eine Menschenmenge, die

in Jubelrufe ausbrach, als die Kutsche hielt. Eine Musikkapelle dudelte drauflos und die Leute applaudierten, als der Gouverneur und seine geehrten Gäste ausstiegen.
Währenddessen war Kim mit dem dritten Schloss beschäftigt.
Die letzte Schraube zeigte sich widerspenstig.
Sobald William die Kutsche verlassen hatte, sah er zum Dach hinauf und rief nach seiner Uhr.
»Wir kommen!«, rief Lisa zurück und beugte sich über die Reling.
In diesem Moment glitt das Messer ab. Ein dicker Blutstropfen quoll aus Dennis' Daumen.
Kim erstarrte.
»Mach weiter«, sagte Dennis beherrscht, lutschte das Blut vom Daumen und wischte den Uhrenkasten ab.
Kein Kratzer.
William rief noch einmal.
Lisa setzte den Fuß über die Reling und zog ihn zurück.
»Ehrlich gesagt, war's leichter raufzukommen als runter. Kann mir jemand helfen?«, sagte sie mit hoher, eindeutig mädchenhafter Stimme.
Wer Lisa jetzt noch für einen Jungen hält, muss dämlich sein, dachte Kim und ruckte an der Schraube, damit sie in ihr altes Loch glitt.
Endlich war's geschafft!

Es war James, der Lisa hinunterhalf, es blieb ihr nichts anderes übrig, als in seine ausgebreiteten Arme zu springen. Und es schien ihr nicht unangenehm zu sein, dass er sie unten an sich drückte, stellte Kim verärgert fest. James musste den ganzen Weg vom Hafen gerannt sein.
Erleichtert nahm William seine Uhr in Empfang und folgte wie die anderen dem Gouverneur ins Haus, wo sich schon eine festliche Gesellschaft eingefunden hatte. Diener reichten Tabletts herum, auf denen Gläser mit kühlem, frischem Fruchtsaft standen. In den nächsten Minuten leerten Kim, Lisa und Dennis so viele, wie sie nur ergattern konnten.
Im Palast hatten zwei Astronomen auf die Uhr gewartet und zogen sich nun mit William, Kapitän Digges, Mr Maskelyne und dem Gouverneur zur letzten Prüfung zurück.
»Jetzt könnten wir eigentlich abhauen«, murmelte Kim und wischte sich Fruchtsaft vom Kinn. Er hatte Dennis den Sack mit Großvater Kaos Uhr abgenommen, aber nicht gewagt, nach ihr zu schauen. Immer wieder sah er den Steuermann vor sich, wie er sie schüttelte. Welche Uhr sollte so eine Behandlung überstehen? »Wenn ich bloß wüsste, wie spät es war, als wir …«
Die Tür zum Beratungsraum schwang auf und der Gouverneur trat heraus, gefolgt von allen, die bei der Prüfung

der Harrison-Uhr dabei gewesen waren. Er wartete, bis das Gemurmel der Leute verstummte, und hielt dann eine Lobrede auf die englische Uhrmacherkunst. Das Wichtigste hob er sich bis zuletzt auf.

»Die Uhr des John Harrison, die den Weg von Southampton nach Port Royal in einundachtzig Tagen an Bord der H.M.S. Deptford unter dem Kommando von …«

»Halb sechs«, murmelte Dennis.

»Was?«, fragte Kim und versuchte der Rede des Gouverneurs zu folgen.

»Tante Bettys Uhr hatte halb sechs geschlagen, als ihr die Bodentreppe raufgekommen seid.«

»Halb sechs«, wiederholte Kim tonlos. »Bist du sicher?«

»Ich hab …«, Dennis stockte.

»Um alle Anwesenden nicht länger auf die Folter zu spannen, verkünde ich nun das Ergebnis der Untersuchung«, dröhnte der Gouverneur sichtlich erfreut.

»Wie spät ist es jetzt?«, fragte Lisa.

Kim zog seine Jefferys aus der Hosentasche. »Vier Uhr durch.«

»Dann sollten wir uns auf den Weg machen. Wir brauchen bestimmt eine halbe Stunde bis zum Hafen. Bist du wirklich sicher, Dennis?«

Dennis nickte etwas zögerlich. »Es muss halb sechs gewesen sein. Vorher hatte es Viertel nach fünf geschlagen, das habe ich gehört, bevor ich bei Tante Betty zur Küchentür reingeschlichen bin. Ich hatte gewartet, bis sich deine Tante mit ihrem Tee ins Wohnzimmer verzogen hat. Also war's halb sechs, als die Uhr das nächste Mal schlug. Da seid ihr gerade auf den Boden gekommen.«

Die Stimme des Gouverneurs drang wieder in Kims Bewusstsein. »Die Uhr des John Harrison ist in einundachtzig Tagen auf See trotz Sturm und Wetterunbilden aller Art niemals stehen geblieben und ganze fünf Sekunden nachgegangen. Alle Berechnungen des Längengrads, die aufgrund ihrer Zeit erfolgten, waren bis auf winzige, unbedeutende Abweichungen richtig. Ein absolut sicheres, unter Wahrung größter Korrektheit erzieltes Ergebnis! Was die von Mr Maskelyne durchgeführte Monddistanz-Methode …« Weiter kam der Gouverneur nicht.

Ein ungeheurer Jubel brach aus, alle Leute klatschten. Auch James klatschte höflich und sehr spät fiel sogar Mr Maskelyne, dessen Gesicht zu einer ausdruckslosen Maske erstarrt war, in das Klatschen ein.

William musste Hände schütteln und sich auf die Schultern klopfen lassen. Er zwinkerte dabei Kim, Lisa und Dennis zu und versuchte sich zu ihnen durchzudrängen. Dennis hatte Kim die Jefferys abgenommen, hielt sie ans Ohr und schüttelte sie.

»Die Uhr steht«, sagte er.

Jetzt hatte William die drei erreicht. Lisa fiel ihm um den Hals und küsste ihn auf beide Wangen.
»Herzlichen Glückwunsch!«, rief sie strahlend.
»Was hast du gesagt?«, fragte Kim und griff nach der Taschenuhr.
»Ich danke euch für eure Unterstützung. Ohne euch hätte ich mich zuletzt sehr allein auf dem Schiff gefühlt«, sagte William lachend, »aber jetzt will ich doch eins von dir wissen, Dennis: Wie heißt deine hübsche Schwester?«
Nun hielt Kim die Jefferys ans Ohr und schüttelte sie.
Lisa lachte verlegen. »Werden wirklich keine Frauen auf Schiffen geduldet?«
»Wer hat euch denn den Unfug erzählt?«, fragte William. »Obwohl ich sagen muss, es war ganz gescheit, dich als Junge zu verkleiden. Zwischen all den raubeinigen Matrosen hat ein Mädchen nichts zu suchen.«
»Stimmt«, sagte James und drängte sich dazwischen, »verrate uns endlich deinen richtigen Namen, Li-onel.«
Kim schob ihn beiseite und wandte sich an William. »Sag mir lieber, wie spät es ist, meine Jefferys ist nämlich stehen geblieben.«
Verwundert schüttelte William den Kopf. »Wozu willst du jetzt die Uhrzeit wissen? Jetzt wird gefeiert.«
»William«, mischte sich Lisa streng ein, »sag uns sofort die Uhrzeit! Wir müssen sie wissen.«

»Ah, ich verstehe, ihr wollt eure eigene Berechnung überprüfen.« Umständlich zog William eine seiner Jefferys hervor und zeigte sie ihnen.

Sie schrien alle drei entsetzt auf.

»Lebwohl, William!«, rief Lisa und begann sich zur Tür durchzudrängen. »Und auch du, James.«

»Was soll das heißen?«, riefen die beiden zurück.

Es blieb ihnen weniger als eine Dreiviertelstunde, um aufs Schiff zurückzukehren, Willie aus Williams Koje zu holen und in den Schiffsbauch zu der Kiste hinabzusteigen, in der sie angekommen waren. Ein Wettlauf gegen die Zeit.

Die Rückkehr

Die blühenden Bäume am Straßenrand wiegten sich in der lauen Brise, die vom Meer herwehte. Die Häuser mit ihren geschnitzten Balkonen und den farbigen Klappläden waren wunderschön. Aus den Fenstern hingen bunte Wimpel, überall wurde Wein ausgeschenkt, die Leute sangen und tanzten vor Freude über die sichere Ankunft des Schiffes. Es roch verführerisch nach gegrilltem Fisch und gebratenem Fleisch.

Endlich kam der Hafen in Sicht. Die drei preschten auf das Schiff zu. Die Gangway tauchte auf.

»Wie lange noch?«, krächzte Dennis.

»Höchstens acht Minuten«, schrie Kim. Er hatte seine Jefferys nach der von William gestellt und aufgezogen.

Dennis hielt an und schaute zurück.

»Komm schon!«, rief Lisa.

»Oh Mann, würde ich gern bleiben«, stöhnte Dennis auf.

»Da kommt James. Willst du ihm einen Abschiedskuss geben, Lisa?«

Lisa blieb ebenfalls stehen. Auch Kim. Denn oben, am Ende der Gangway stand Mr Seward und machte langsam ein paar Schritte auf sie zu. »Ihr habt an Bord nichts mehr zu suchen«, dröhnte er. »Ihr kommt mir nicht wieder aufs Schiff.«

»Sie können uns mal, Sie Dumpfbacke!«, schrie Lisa.

»Li-onel!«, rief James tadelnd. »Wenn ihr an Bord etwas vergessen habt, lasst mich das regeln. Wollt ihr euch für das Fest umziehen, Li-onel?«

»Ich heiße Lisa!«, schrie Lisa.

Statt die Gangway freizugeben, grinste Mr Seward James frech an. »Du hast mir gar nichts zu befehlen. Du redest mir jetzt nicht rein.«

»Werden Sie nicht unverschämt, Mr Seward«, sagte James kühl, »lassen Sie uns vernünftig ...«

»Was heißt hier vernünftig«, fiel ihm Dennis ins Wort, »der Mann hat Jim Simmons auf dem Gewissen, er hat es praktisch zugegeben.«

Verblüfft wich der Steuermann zurück.

»Auf drei«, murmelte Kim, »eins, zwei, drei! Und los!«

James sagte wieder etwas, aber sie hörten nicht mehr hin. Gemeinsam stürmten sie vorwärts. Mr Seward wich überrascht einen weiteren Schritt zurück – und noch einen. Ohne an Tempo zu verlieren, rasten sie auf ihn zu und achteten nicht darauf, wie die Bretter der Gangway unter ihnen in Schwingung gerieten. Lisa und Dennis traten Mr Seward gleichzeitig gegen die Schienbeine. Kim kickte ihn in den Magen und hieb ihm, als er sich reflexartig vorbeugte, die Faust in den Nacken. Lisa gab ihm den Rest, indem sie ihn in die Seite puffte. Der Knüppel flog als Erstes ins Meer, dann folgte Mr Seward selbst schreiend und strampelnd nach. Sie schauten sich nicht einmal um, als sie ihn ins Wasser plumpsen hörten, sondern rannten weiter.

Am Ende der Gangway hüpfte eine kleine graue Gestalt auf und ab und klatschte begeistert.

Pinky! Das Äffchen folgte ihnen die Treppe hinauf bis in Williams Kabine und sprang schnatternd und gestikulierend um sie herum.

»Du bleibst hier, Pinky«, redete ihm Lisa zu und hob vorsichtig Willie auf. Er leckte ihr einmal kurz die Hand und schloss wieder die Augen. Es ging ihm immer noch nicht viel besser.

Auf dem Weg zur Einstiegsluke in den Schiffsbauch erhaschten sie noch einen Blick auf James, der auf der Gangway kniete und mit einer langen Holzstange nach Mr Seward angelte.

Pinky wurden sie nicht los. Behender als sie kletterte er die steilen Treppen hinab und ließ sich nicht abwehren.

Auf dem untersten Deck angelangt, blieb Kim stehen

und hob Großvater Kaos Uhr aus dem Sack. Mit angespannter Miene hielt er sie in beiden Händen.
»Was ist?«, fragte Lisa besorgt.
»Ich weiß es nicht«, antwortete Kim, »die Uhr fühlt sich tot an. So, als würde sie nie mehr gehen.«
»Dann bleiben wir halt hier«, sagte Dennis mit einem erleichterten Aufseufzen. »Port Royal gefällt mir.«
»Vielleicht heute«, wandte Lisa ein und horchte auf eine Stimme, die schwach von oben herabdrang. »Aber irgendwann müssen wir die Rückreise nach Europa antreten. Kapitän Digges, James und William werden uns nicht hierlassen. Und dann werden wir volle achtzig Tage auf See sein, mindestens.«
Dennis setzte sich hastig wieder in Bewegung.
»Lisa! Warte auf mich!« Das war eindeutig James' Stimme.
Kim lief weiter. Endlich hatten sie die Kiste erreicht.
»Kriecht rein.«
»Du zuerst«, sagte Lisa zu Dennis, »ich reich dir Willie.«
»Aber wenn's sowieso nichts bringt«, maulte Dennis. »Die achtzig Tage auf See lassen sich auch noch überstehen. Ich glaub, ich bleib doch hier.«
»Mach schon«, sagte Kim scharf. Als er sich zu den anderen in die Kiste zwängte, wollte Pinky mit hinein.
»Lass ihn doch«, sagte Lisa, »wenn wir sowieso …«

Kim hielt Pinky an seinem Jäckchen fest und gab ihm einen Schubs, der reichte, um ihn hinauszukatapultieren. Rasch, bevor das Äffchen zurückkehren konnte, griff er nach der Seitenklappe der Kiste und zog sie hoch.

Es war höchste Zeit. Denn als er das Uhrenkästchen öffnete, sahen sie den Kristall glühen. Er pulsierte in grünem Feuer und die Zeiger drehten sich schon, wenn auch erst langsam. Das wohlbekannte Dröhnen setzte ein, das Wirbeln, das sie alle erfasste und am Ende jede Wahrnehmung auslöschte. Wieder zog und zerrte der Mahlstrom an ihnen, riss sie mit, entsetzte sie, ließ ihnen das Blut in den Adern gefrieren.

Endlich öffnete sich die Kiste mit einem Donnergetöse und spuckte sie auf Tante Bettys Dachboden.

Erst einmal lagen sie alle ausgestreckt da und versuchten wieder zu Atem zu gelangen.

»Verdammt und zugenäht noch mal«, brummte Dennis und rieb sich den Kopf, »warum bin ich bloß mit zurückgekommen?«

»Beherrsch dich gefälligst!«, forderte Lisa streng. »Fluchen ist unanständig.«

»Ach ja? Und was hast du Mr Seward vorhin noch an den Kopf geworfen? Dumpfbacke?«

»Das war in einem anderen Leben. Aber jetzt sind wir nicht mehr als Decksjungen mit einem Haufen verlauster, rüpelhafter Matrosen auf einem Schiff, merk dir das. Wo ist Willie?«

Willie machte sich ein Vergnügen daraus, seine Nase in feuchte Wäschestücke zu stecken und sie über die staubigen Bretter des Dachbodens zu zerren. Verblüfft sahen sie ihm zu.

»Der hat sich aber schnell erholt«, sagte Kim verwundert.

»Wahrscheinlich hat ihn das Fass gar nicht schwer erwischt und er hat nur die ganze Zeit an der Seekrankheit gelitten«, erklärte Dennis, »und die ist jetzt weg. Mir ist nicht mehr schlecht, nicht sehr jedenfalls. Ich sterbe bloß vor Hunger. Vierundzwanzig Stunden fast ohne einen Happen. Das hat üble Nachwirkungen.« Er legte die Hand auf den Magen und krümmte sich.

»Mir geht's gut, also geht es dir auch gut«, erklärte Lisa resolut. »Du wirst dich nicht davor drücken, die Wäsche wieder aufzuhängen. Los, steh auf und hilf uns aufräumen.« Sie riss sich den nassen Lappen vom Kopf. »Meine ganze Frisur ist versau… – verdorben«, nuschelte sie und fuhr sich mit beiden Händen durch ihre Lockenpracht.

»Kim?«, rief Tante Betty von unten. »Wo bleibst du mit dem Schlüssel? Kommt runter, der Tee ist längst fertig.«

Die Jefferys aus Kims Hosentasche hatte sich in seine Armbanduhr zurückverwandelt und zeigte kurz nach halb sechs an und das Datum war dasselbe wie bei ihrem Aufbruch.

Lisa stand auf. »Ich hätte ja nie gedacht, dass ich mal Kamillentee lieben könnte. Aber die Erinnerung an den Durst wirkt noch so nach, dass ich eine ganze Kanne davon leeren könnte.«

Kim nahm sich vor, sie später einmal darüber aufzuklären, dass ein Aufguss aus Kamillenblüten rein gar nichts mit echtem Tee, mit *Cha,* zu tun hatte. Echter chinesischer *Cha* war eine Kostbarkeit und kein Gesöff, das nach ausgekochten Schuhsohlen schmeckte.

»Wir sind gleich unten, Tante Betty!«, rief er und griff nach einem nassen Bettlaken. Sie hängten die Wäsche wieder auf, obwohl ihnen klar war, dass das meiste noch einmal gewaschen werden musste.

Dennis beteiligte sich nicht. Er saß immer noch auf dem Fußboden.

»Was ist?«, fragte Lisa schließlich.

»Nichts, alles ist wie vorher«, antwortete er trübsinnig.

Kim ging zu ihm. »Tut mir leid, Dennis, aber ich muss dir noch was über deine Taucheruhr sagen. Das Ding war keine zehn Euro wert.« Er hatte nicht gedacht, dass Dennis so rasch auf die Füße kommen konnte. Und mehr als das. Dennis holte aus und wollte ihn in den Magen boxen.

»Bist du bekloppt?«, schrie Lisa und trat einen Schritt vor.
Vor Wut heulte Dennis auf. »Ich lass mich doch nicht verarschen!«, schrie er.
»Dennis«, sagte Lisa behutsam, »ich hoffe, du versuchst nicht mich zu treten, aber Kim hat recht.« Abwehrend hob sie eine Hand. »Hör mir zu, ja? Deine Taucheruhr hab ich in einem Preisausschreiben gewonnen.«
»Das war keine echte Markenuhr, sondern ein billiges chinesisches Imitat, ich kenne mich aus. Meine Armbanduhr«, Kim zeigte sie vor, »ist auch eins, allerdings ein besseres.«
»Das ist nicht fair«, schimpfte Dennis, »warum wollt ihr mir unbedingt weismachen, dass Papa mir Schrott geschenkt hat? Das würde er nie tun!«
Lisa fasste vorsichtig nach seinem Arm. »Hat er ja auch nicht. Du hast ein Mountainbike mit achtzehn Gängen bekommen und das ist garantiert kein Schrott. Die Uhr haben wir nur dazugelegt, weil du uns mit deinem dämlichen Wunsch so genervt hast. Verstehst du?«
Kim hob Großvater Kaos Uhr auf, überzeugte sich davon, dass die Zeiger stillstanden und der Kristall nicht mehr leuchtete, klappte den Deckel zu und verstaute das Kästchen wieder im Schrank.
»Aber da bleibt noch die Sache mit Latte. Schrott oder nicht, er hat dir nicht die Uhr abzunehmen und darauf

herumzutrampeln. Das zahl ich dem noch heim«, fuhr Lisa fort.

»Tust du nicht«, widersprach Dennis. »Du glaubst doch nicht im Ernst, dass ich mich von ihm noch einmal einschüchtern lasse nach dem, was wir alles auf See erlebt haben? Das Großmaul stauch ich allein zurecht, das ist doch ein Klacks.« Er legte eine kleine Pause ein. »Vor allem, wenn mir Kim ein bisschen Kung Fu beigebracht hat. Du kannst doch Kung Fu, Kim?«

»Wenig«, brummte Kim, »aber ich könnte es dir zeigen, wenn ich Latte eine reinhaue, wir nehmen ihn als Trainingsobjekt, einverstanden?«

Dennis nickte erleichtert.

»Dann kommt jetzt, wir sind hier oben fertig. Ich hoffe, keiner von uns hat eine Wanze mitgebracht«, sagte Lisa.

»Ich glaub nicht, nur das da.« Dennis hielt einen getrockneten Apfelschnitz auf der Hand.

Lisa seufzte. »Ich hoffe bloß, James kümmert sich jetzt um Pinky und nimmt ihn gegen diesen Stinkstiefel Seward in Schutz.«

»Immer dieser James«, brummte Kim angewidert.

»Ein Weichei, das nicht einmal richtig fluchen kann«, sagte Dennis und hakte sich bei Kim und Lisa ein. Gemeinsam stiegen sie die Bodentreppe hinab.

Wie war's nun wirklich?

John Harrison (geboren 1693) und seinen Sohn William hat es gegeben, ebenso Nevil Maskelyne, den großen Gegenspieler der beiden, und selbstverständlich auch das Problem mit der Bestimmung des Längengrads.

Schon im 17. Jahrhundert gab es gute Karten und Kompasse, aber sie reichten nicht aus, um sicher zu navigieren. Selbst die größten Seefahrer wie Vasco da Gama, Ferdinand Magellan, Francis Drake und andere machten ihre Entdeckungen mehr oder weniger zufällig. Sie irrten über die Weltmeere in der Hoffnung, irgendwo anzukommen, bevor der Proviant oder das Trinkwasser ausgingen. Die Seefahrt war eine überaus riskante Sache und kostete Tausende von Matrosen und Passagieren das Leben. Andererseits brachten der Überseehandel und die Eroberung ferner Inseln und Kontinente einer Seefahrernation wie England großen Reichtum ein. Was lag da näher, als demjenigen, der eine zuverlässige Methode zur Bestimmung des Längengrads entwickelte, eine hohe Belohnung in Aussicht zu stellen?

Im Mai 1714 wurde dem Parlament von England ein Gesuch der Kaufleute und Seefahrer vorgelegt, über das schon bald ein Ausschuss beriet. Der Wissenschaftler Isaac Newton, damals bereits ein alter Mann von 72 Jahren, wurde zu Rate gezogen und gab eine detaillierte Auskunft über alle gängigen Methoden der Längengradbestimmung. Allesamt waren sie in der Theorie ganz wunderbar, aber dafür sehr kompliziert und vor allem höchst störanfällig in der Anwendung. Es gab zwar eine Methode, die verblüffend einfach klang, aber für diese brauchte man eine zuverlässige Uhr. Und zuverlässige Uhren, die nicht stehen blieben und genau gingen, waren noch nicht erfunden.

Um dem Längengradproblem aber endlich tatkräftig zu Leibe zu rücken, wurde vom Parlament erst einmal am 8. Juli 1714 der *Longitude Act* erlassen, der dem Sieger in dem nun ausbrechenden Wettbewerb im Namen der Krone von England (damals war Anne Stuart Königin von England und Schottland) ein Preisgeld von 20.000 englischen Pfund Stirling in Aussicht stellte. Eine Jury wurde ins Leben gerufen, die über die Vergabe des Preises entscheiden sollte. Zur Jury gehörten Naturwissenschaftler, Marineoffiziere und Regierungsbeamte. Inoffiziell aber auch noch der königliche Astronom (1765 war das niemand anders als Mr Maskelyne) und andere einflussreiche Leute aus Politik und Wissenschaft.

Am Anfang war John Harrison einer der am wenigsten aussichtsreichen Kandidaten für den Preis.

John Harrison war nur Tischler, das Handwerk hatte er bei seinem Vater gelernt. Aber er war wissbegierig und überaus begabt – vor allem für alles, was mit Mathematik und Mechanik zu tun hatte. Er las alle Lehrbücher, die er bekommen konnte, und brachte sich das Reparieren von Uhren selbst bei.

Als er seine erste Uhr baute, war er zwanzig. Und es war eine vorzügliche Uhr: zuverlässig und genau. Danach baute er immer mehr Uhren – vor allem riesige Turmuhren – und die Nachfrage nach seinen Uhren wuchs ständig. Und dann hörte er eines Tages vom *Longitude Act* und beschloss an dem Wettbewerb teilzunehmen.

Harrison baute vier Uhren, die Berühmtheit erlangten und von späteren Bewunderern als H1 bis H4 (es gibt auch noch eine H5, eine Variante der H4) bezeichnet wurden. Die H1 war noch ein großer und schwerer Brocken von über einem Meter Kantenlänge, die H4 hatte nur noch zwölf Zentimeter Durchmesser. Bis dahin musste Harrison viele Jahre lang an seinen Uhren herumtüfteln und sie immer wieder der Längengrad-Kommission vorführen, um immer wieder zu beweisen, dass sie den Anforderungen vollkommen genügten. Die Uhren waren fantastisch, von bis dahin unbekannter Präzision. Wahre Wunderwerke der Technik. Voller neuer, bahnbrechender Erfindungen.

Und die H4 machte tatsächlich auf der HMS Deptforth unter Kapitän Digges mit John Harrisons Sohn William 1761/62 die Reise nach Jamaika mit und bewährte sich vorzüglich.

Aber die Kommission erfand immer neue Gründe, den Harrisons den Preis zu verweigern. Schließlich baute John noch die H5 und gab sie dem König persönlich (inzwischen saß Georg III. auf dem Thron) zur Überprüfung. König Georg war von der Genauigkeit so überzeugt, dass er das Parlament anrief, endlich John Harrison und seinem Sohn William (der längst sein Partner geworden war) gegenüber Gerechtigkeit walten zu lassen.

Der eigentliche *Preis* (die Ehre, nicht das Geld) wurde John Harrison nie zugesprochen, obwohl er ihn wirklich verdient hätte. Immerhin hatte er einige Male Geld erhalten, um seine Uhren und die notwendigen Experimente zu ihrem Bau überhaupt finanzieren zu können. 1773 erhielt er im Alter von 80 Jahren in einer letzten Zahlung 8.750 Pfund, sodass er insgesamt auf etwa 20.000 kam.

Die von ihm erfundenen Schiffschronometer traten am Ende doch auf den Ozeanen einen Siegeszug rund um die Welt an.

© Gerold Stubbe

Eva Maaser

wurde 1948 in Reken in Westfalen geboren. Sie studierte Germanistik, Pädagogik, Theologie und Kunstgeschichte in Münster und lebt seit mehr als 20 Jahren in Steinfurt. Seit 1999 arbeitet sie als Schriftstellerin und hat seitdem viele Bücher und einige Kurzgeschichten veröffentlicht, u. a. im Aufbau Verlag. »Kim und die Verschwörung am Königshof« war ihr erstes Kinderbuch.

Eva Maaser

Kim und die Verschwörung am Königshof

Was ist das nur für eine rätselhafte alte Uhr, die Kim von seinem Großvater bekommen hat? Als Kim sie im Beisein von Lisa und Dennis untersuchen will, drehen sich die Zeiger plötzlich rückwärts und alles um sie herum gerät in Bewegung …
Die drei Freunde finden sich im Jahr 1617 am Hof von Ludwig XIII. wieder und geraten mitten in eine Verschwörung gegen den erst fünfzehnjährigen französischen König. Seine Mutter, Maria von Medici, schreckt vor nichts zurück, um ihn vom Thron zu stoßen …
Fesselnd und voller Spannung erzählt Eva Maaser in ihrem historischen Kinderroman vom höfischen Leben im 17. Jahrhundert!

208 Seiten. Gebunden. Ab 9 Jahren
ISBN 978-3-8157-7878-4

Ulysses Moore

Die Tür zur Zeit

Hoch über den Klippen von Kilmore Cove thront die Villa Argo – Jasons und Julias neues Zuhause. Die Zwillinge können es nicht erwarten, zusammen mit ihrem Freund Rick das alte Haus des sagenumwobenen Ulysses Moore mit seinen unzähligen Zimmern und Gängen zu erkunden, und entdecken schließlich eine mysteriöse Tür. Wie magisch werden die drei Freunde von ihr angezogen. Um herauszufinden, was sich dahinter verbirgt, begeben sich Julia, Jason und Rick auf die gefährlichste Reise ihres Lebens.

Der erste Band der neuen packenden Abenteuerreise um Ulysses Moore.

208 Seiten. Gebunden. Ab 9 Jahren
ISBN 978-3-8157-7284-3

Ulysses Moore

Die Kammer der Pharaonen

Die drei Freunde Julia, Jason und Rick gehen durch die Tür zur Zeit und landen in dem geheimnisvollen Land Punt. Schnell wird ihnen klar, dass es eine Verbindung zwischen diesem rätselhaften Ort und Ulysses Moore, dem ehemaligen Besitzer der Villa Argo, geben muss. Auf der Suche nach einer Spur machen sie eine unfassbare Entdeckung ...

Das zweite Abenteuer um den sagenumwobenen Ulysses Moore.

240 Seiten. Gebunden. Ab 9 Jahren
ISBN 978-3-8157-7709-1

REYNA YSABEL.
CHRISTOPHORVS COLOMBVS.
LA FLORIDA
Lacus & Insula Sarrope
Golfo Mexicano
Circulus Cancri
Insulæ dicta Testudines
Scopuli dicti Martires
Bimini
CUBA INSULA
JAMAICA
IVCATAN
Zempoallau
Champoton
Tauasco
Tapara
FONDVRA
Hoc loco prima dissensio orta, et pugna commissa, inter Hispanos,
Serrana
Hispania
NOVA
NICARAGVA
Cap de Honduras
Costa Rica
GOLFO D'VRAVA
CARTAGENA
Caribana
PANAMA
Nombre de Dios
VRAVA
Popayan
Arma
Timana
Villa Viciosa
MAR DEL SVR
QVITO
Ambato
Rio Napo
Rio Nore
Cuenca
MORTIAS